CASSIA CASSITAS

FORTUNA
a saga da riqueza

Editora .Verso

Editora Verso

© 2017. Editora Inverso

R. Clóvis Bevilaqua, 352 – Cabral – Curitiba-PR
80035-080 – Tel.: (55 41) 3254-1616 – 3538-8001
editorainverso@editorainverso.com.br
www.facebook.com/editorainversoo
www.editorainverso.com.br

Coordenação editorial
Cristina Jones
Editora InVerso

Revisão
Carlos L. W. Jorge

Capa
Marcos van Ray

Diagramação
Carlos L. W. Jorge

Dados internacionais de catalogação na publicação (CIP)
Vagner Rodolfo CRB-8/9410

C345f
   Cassitas, Cássia.

     Fortuna: a saga da riqueza / Cássia Cassitas. - Curitiba : Editora InVerso, 2017.
     190 p. ; 21 cm x 15 cm.

     ISBN: 978-85-5540-073-5

     1. Literatura brasileira. 2. Romance. I. Título.

                                   CDD 869.89923
                                   CDU 821.134.3(81)-31

Ao adquirir um livro, você está remunerando o trabalho de escritores, diagramadores, ilustradores, revisores, livreiros e mais uma série de profissionais responsáveis por transformar ideias em realidade e trazê-las até você.
Todos os direitos reservados. É proibida a reprodução total ou parcial, de qualquer forma ou por qualquer meio. O conteúdo total desta obra, incluindo conceitos e opiniões veiculados por meio de textos, ilustrações e outros recursos de linguagem, é de exclusiva e expressa responsabilidade do autor. A violação de direitos do autor (Lei 9.610/98) é crime definido pelo Art. 184 do Código Penal brasileiro.

*À minha avó Maria Ana,
por tudo o que ela representa.*

Quando a música está tocando e todo mundo está dançando, ninguém presta atenção ao controle do risco.

Nouriel Roubini, março de 2009

Sumário

Uma história que atravessou o mar **9**
Moedas da modernidade **37**
Barbárie em dois atos **59**
O futuro de uma alavancagem do passado **79**
Retratos de prosperidade **107**
Ativos e passivos **133**
A difícil arte da decisão **151**
Ajustes **163**
Fluxos de caixa e de vidas **171**
Patrimônio **183**

Uma história que atravessou o mar

*Utilizar o tempo, o intelecto,
as próprias forças para
conquistar o que se quer é
como encontrar um tesouro.*

1

O CARRO DEIXOU O SHOPPING IGUATEMI e parou em frente a um edifício no Morumbi exatamente às 19h44, quando o acúmulo de trânsito do horário de *rush* já dava sinais de enfraquecimento. O portão eletrônico se abriu e Carolina se dirigiu à sua vaga, no andar térreo. Ao descer do carro, após estacionar, viu o carro de seu marido. Por que Ricardo já teria chegado?

Nos últimos meses, é verdade, a rotina de Ricardo se tornara incerta, mas ele nunca voltava da agência antes das dez.

Carregando sua bolsa, algumas sacolas e o notebook, Carolina caminhou em direção ao elevador. No hall, apertou o botão e, enquanto aguardava, arrumou a blusa, mirando-se de lado no grande espelho à sua direita. Satisfeita, ela acariciou a barriga, que exibia uma gravidez de seis meses.

O lustre de cristal neoclássico já estava aceso, valorizando os elementos do ambiente. As portas do elevador se abriram e ela entrou. Após digitar o código de acesso ao seu apartamento, recostou-se na lateral do elevador panorâmico, enquanto admirava a vista da cidade iluminada, que sempre a deslumbrava, até que a porta se abriu, resgatando-a de seus pensamentos.

Entrou no apartamento e encontrou Ricardo na sala, esparramado no sofá em frente à TV.

Deixou sua bolsa na mesa e depositou as sacolas no chão. "Oi, amor", foi falando. "Já em casa?"

Ele respondeu ao cumprimento mantendo os olhos grudados na tela. Recostado a uma das laterais do sofá, havia afrouxado a gravata, tirado os sapatos e dobrado as mangas. Parecia respirar com esforço, e seus gestos denunciavam as mãos úmidas.

"Se tivesse me avisado que chegaria cedo, teria vindo direto para casa." Ele não disse nada, pois o programa na TV capturara totalmente a sua atenção.

Um repórter entrevistava um grupo de pessoas sobre o impacto da crise do mercado imobiliário americano nas instituições financeiras estrangeiras. Alguns defendiam a posição de que a bolha inflacionária nos preços de imóveis nos Estados Unidos levaria o país a uma recessão comparável à depressão da década de 1930, enquanto outros argumentavam com números que o modelo expansionista adotado havia décadas era um sucesso na geração de empregos e circulação monetária.

Ricardo assistia ao programa como se participasse da discussão, sacudindo a cabeça e murmurando para si mesmo. "A depressão é um fato, senhores. Não é um acontecimento que vocês podem enclausurar num relato histórico." Com um suspiro, continuou: "Olhem para os lados! São períodos em que milhões de pessoas sem meios de ganhar o próprio sustento vivem à deriva, reduzidos a nulidades na sociedade por não conseguirem trabalho e dificuldade de obter o sustento. Isso é a degradação, a realidade!"

Ele argumentava com os economistas e apontava na direção dos interlocutores. Seu relógio estava em cima da mesinha de centro. Ele sempre tirava o relógio quando se contrariava.

Carolina balançou a cabeça. Eram apenas mais das notícias negativas da economia de sempre. Mas a mente de Ricardo já estava viciada em estresse.

"Aconteceu alguma coisa, Ricardo?", perguntou, enquanto tirava os sapatos e o casaco, voltando-se para trancar a porta de entrada.

"Saí para pensar. Mas em todos os lugares só se fala no problema das hipotecas, seu impacto e os culpados. A cada momento surgem novas informações sobre empréstimos, fundos de investimentos, a situação dos mutuários..."

"É verdade, só se fala nisso", disse, sentando-se na poltrona mais próxima e inclinando o corpo para beijá-lo. Sem se atrever a tocá-lo, permaneceu assim, esperando uma oportunidade para se aproximar.

"Você está pálido, quer um pouco d'água? Estou ficando preocupada, você está bem?"

Ele ergueu as mãos sobre a cabeça. "Não aguento mais. A pressão dissimulada dessa diretoria é cruel. Minha cabeça está quase explodindo. Nas reuniões, pedem mais e mais relatórios. O que eles querem? Que alguém se autodenuncie e escreva um mea culpa?"

Ricardo estava transtornado. Levantou-se, tirou a gravata e a deixou cair no chão, levando a mão à testa várias vezes enquanto andava de um lado para o outro.

"O que houve? Novidades sobre aquele caso?" Carolina procurava manter-se no domínio de suas emoções enquanto apanhava a gravata e tentava estabelecer pelo contato visual e o tom de voz uma relação de cumplicidade com Ricardo.

Olhando para ela, ele continuou. "As novidades estão nos jornais, na televisão, na internet. Sempre fui contra essas 'práticas modernas de capitalização'. Capitalização! Meu Deus, como podem chamar títulos podres de capitalização? Estão todos alienados, ou sou eu que estou ficando louco? A legislação foi observada, todos os detalhes estão nos contratos. As pessoas não leem os contratos antes de autorizar uma operação com seu dinheiro?"

"Costumam ler o suficiente. Normalmente, algo entre a sua capacidade de entender o que está escrito e a confiança que depositam no gerente de investimentos..."

Sacudindo a cabeça, voltou-se para a TV. "Veja estes senhores! Ouça estes argumentos! Carolina, você está ouvindo essas afirmações? Cada uma das etapas desse desastre está bem aí: juros baixos por um longo período, o aparecimento de inovações financeiras, a subida contínua dos preços, as negociações de ativos esperando uma suposta valorização futura..."

Ele fez uma pausa para recuperar o fôlego. Com os olhos vermelhos, olhou fixamente para Carolina. "Olhe a calma deles, cheios de razão enquanto desmentem os fundamentos de qualquer escola de economia! E essa certeza de que desta vez é diferente? Não é! Eles sabem que não é verdade, que a situação não se sustenta e em poucos dias estará escancarada em todos os jornais."

Ela estremeceu. "Estou muito preocupada com você, Ricardo. Esse assunto não é da sua alçada, está nas mãos do governo, do congresso, dos mecanismos de regulação internacionais. Você precisa se acalmar, senão a sua história terminará antes dessa crise. Por que está massageando as pernas, é aquela sensação de formigamento novamente? Venha, um banho vai ajudar você a relaxar, enquanto preparo algo leve para jantarmos."

Esfregando as mãos nas pernas, respondeu sem olhá-la. "Preciso pensar. Saí mais cedo para conseguir me distanciar."

"Então veio ao lugar certo, essa ducha vai te refrescar, e depois conversamos." Sorriu e o beijou rapidamente.

Ricardo deu de ombros e se deixou arrastar por Carolina até o quarto. Começou a despir-se para o banho sem dizer uma palavra. Carolina abriu o chuveiro e regulou a temperatura da água. Pendurou uma toalha próxima ao box e voltou para o quarto. "Hoje vou te emprestar minha emulsão especial. Ela é ótima."

Sentado na cama, Ricardo desabotoava a camisa mecanicamente, quase sem forças. Sentia o corpo tremer, como se estivesse com febre. Carolina o ajudou a tirar a camisa, desafivelou seu cinto, tirou suas calças e as meias, e o apoiou para que ficasse de pé.

"Quer mais alguma coisa?"

"Não." Ele se arrastou para o banheiro.

Assim que a porta do banheiro se fechou, o ar de tranquilidade dela desapareceu. Largou as roupas do marido que havia juntado sobre a cama e levou a mão ao peito. Como ela detestava vê-lo nessa situação!

Havia um ano que assistia a Ricardo debater-se entre seus princípios e as determinações da agência. O pesadelo começou alguns meses antes, num dia em que Ricardo tinha chegado tarde, estupefato com as ideias que ouvira na longa reunião sobre "as práticas modernas de capitalização". Eram horas de reunião, seguidas de horas de conversas em casa.

Sua primeira ação foi estudar ainda mais, buscando correntes contraditórias ao pensamento econômico adotado pelo país nas últimas décadas. Essa fundamentação era necessária, ele pensava, se pretendia argumentar com seus superiores e demonstrar tecnicamente que as medidas adotadas não trariam o resultado desejado. Foram meses de um desgaste inútil. A trajetória já estava traçada, mas Ricardo não percebia. E agora, essa reação piorava.

O chuveiro foi desligado, resgatando Carolina de seus devaneios. Recolheu rapidamente as roupas e se dirigiu à cozinha.

* * *

Ricardo não se mexia. Cercado do mármore italiano das paredes e do piso, permaneceu um bom tempo sob o jato de água morno e generoso do moderno chuveiro, como se aquela água pudesse levar os números para longe.

Mas ele tinha paixão pelos números. O mundo financeiro o fascinava desde criança, quando passava horas ouvindo o pai, um homem astuto que fez fortuna trabalhando com números e informações. O cálculo havia influenciado a percepção de mundo de José, ensinando que era apenas uma questão de tempo até que o progresso transformasse a rotina das pessoas. A única linguagem jamais abandonada é a financeira. Todo mundo sabe o que significam lucro, dividendo e prejuízo.

Ricardo sacudiu a cabeça e fechou os olhos. Era assim que a geração de seu pai entendia a globalização. Nas grandes cidades, nos ambientes de alta tecnologia, as novidades chegam mais rápido. Depois atingem as cidades menos populosas, as atividades mais tradicionais, passando pelos hábitos da juventude, até chegar aos bancos das escolas. E aí, então, um dia aparecem nas fábricas e no campo, afetando os operários e o trabalhador rural.

Em sua memória, Ricardo revivia as conversas com seu pai. Ele acreditava que em qualquer situação todos poderiam ganhar. Acreditava na produção estimulando a circulação, na circulação abrindo espaço para maior produção, sucessivamente, num círculo virtuoso. Essa era a sua concepção de enriquecimento da sociedade, tornando os pobres menos pobres que nos séculos passados, e os ricos muito mais ricos.

Com esse raciocínio, José educou Ricardo para um mundo de desigualdades, em que os desiguais lutam, todos os dias, para conquistar posições privilegiadas, sem esquecer seus princípios e preocupações com a sociedade.

Ricardo esfregou os olhos com as mãos e sorriu. Em meio à turbulência nos últimos meses, somente agora a lembrança de seu pai vinha à sua mente.

Desligou o chuveiro e permaneceu ali, no silêncio suntuoso de sua suíte, por algum tempo. Lembrou-se do olhar do pai, do brilho que sempre o impressionara quando lhe explicava coisas importantes relacionadas ao dinheiro. Era o assunto preferido de José.

Envolvido pelas próprias lembranças, vestiu-se e seguiu para a cozinha. Com o ânimo renovado, encontrou Carolina atarefada com o jantar.

"Lembrei do meu pai. Acho que o velho exultaria se estivesse na ativa. Imagine! Você se lembra de como ele gostava de ler sobre economia e se vangloriar de antecipar os resultados? Aquele italianinho era danado! Acho que estaria dando pulos se estivesse aqui..."

Ricardo encerrou a última frase com uma gargalhada.

* * *

Carolina poderia se ajoelhar ali mesmo frente ao milagre operado no estado de espírito do marido. Ao invés disso, tratou de rir muito também, contribuindo o quanto pôde para esticar a conversa em torno das recordações da infância.

"O tio era engraçado mesmo", ela disse, sorrindo. "Dizia que o bonde dos ricos havia freado para que os nonos pudessem subir. Todo mundo gostava das histórias dele, havia sempre uma plateia pronta para ouvi-las."

Ricardo encostou-se ao balcão. "Naquele tempo, ele ouvia todos os noticiários das rádios e lia os jornais de São Paulo e do Rio de Janeiro, e às vezes até os de Minas Gerais e de Brasília. Fazia questão de se inteirar de tudo." Arrumou o cabelo com as mãos e perguntou com um ar quase alegre: "Carol, o que você acha que ele faria?"

"Além de tomar essa sopa maravilhosa que eu fiz pra você?", respondeu, sorrindo. "Bem, acho que ele faria como você, estudaria as possibilidades." Ela serviu a sopa e se sentou para jantar. "Este suco é para você."

Ele pegou o copo e o colocou sobre a mesa. "Meu pai era uma raposa, Carol. Não comia nada quente nem cru. Era meio matreiro, sabe, esperava a hora certa, se fazia de quieto. Como o Maranha! Você não acreditaria se visse o 'doutor' Maranha dando orientações com fala mansa, escassa, incisiva. Ele induz as pessoas a se pronunciarem para economizar as próprias palavras, você sabe como é."

Ela provou uma colher de sopa com alívio, estava ótima. "Tio José era assim? Lembro-me dele tão alegre, contando piadas. Tinha muita presença de espírito, dava cada resposta... Eu ficava imaginando de onde ele tirava aquilo, mas não havia quem não risse."

"Você está falando do personagem social que participava das festas e se divertia com os amigos. Quando o assunto era dinheiro, meu pai era outra pessoa. Esse tio de quem você está falando era o garoto esperto, o queridinho da vovó, como a minha mãe dizia."

Ele passou manteiga numa fatia de pão, deu uma mordida e depois disse: "Vó Ana contava que José tinha sido muito travesso. Contava com orgulho, acrescentando que um garoto precisa ser esperto! Ele tinha as bênçãos da mãe para brincar, aprender com os outros moleques o mundo dos homens, da cidade, das conquistas. Para ela, ele era um homem, então precisava ter conhecimento, coragem. Era o pensamento daquele tempo, e para ser sincero, não acredito que tenha mudado muito."

"Ricardo! Que belo machista você está se revelando! Então você concorda com esse raciocínio de que o mundo é dos homens?"

Ele provou a sopa e respondeu: "Por que o espanto? O que uma menina ganha, enquanto o menino ganha um skate? Uma boneca. E quando o menino ganha uma bola nova... Ela ganha uma casinha para a boneca. Ou panelinhas! Onde se brinca de skate e de bola? No sofá?"

Com uma risada, ela respondeu: "Veja só! E eu aqui, toda ocupada com panelinhas e suquinhos. Pois a louça é sua." Jogou o pano de mão em Ricardo, que o pegou no ar.

"Você se lembra de como meu pai era alegre, reminiscências do garoto feliz crescendo em tempos de paz, que gostava de ganhar as ruas. Foi naquela época que ele aprendeu a contar histórias. Vovó se deliciava com o filho conversando com os adultos de igual para igual, e com os comentários que se seguiam: 'Dona Ana, dá para perceber que esse menino vai longe!' "

"É verdade, ele sempre foi o orgulho da vó Ana."

Ricardo estava se divertindo. "Ele era um sedutor, isso sim. Foi coroinha na igreja de Nossa Senhora porque a mãe queria, mas roubava os santinhos do padre para dar às meninas. No tempo em que foi engraxate no mercado, ganhava salgadinhos e suco dos vizinhos. Devia fazer a maior cara de pobrezinho, sabe aquelas histórias que ele narrava, interpretando os personagens? Meu pai foi um grande sujeito."

"Não foi nessa época que ele participava dos campeonatos de bolinha de gude? Uma vez ele me mostrou sua coleção. Era enorme!"

"E você não sabia que o seu José sempre ganhava nos jogos de rua? Minha avó era muito pobre para comprá-las, por isso ele começou a jogar representando jogadores menos habilidosos. Quando achou que já era suficientemente bom, começou a cobrar uma porcentagem das bolinhas ganhadas. Assim, fez sua própria coleção, que, segundo versa a lenda que ele adorava propagar, foi resultado do próprio mérito: jamais comprou uma bolinha sequer. Acho que estava treinando para a vida adulta. O negócio dele sempre foi somar e multiplicar. Dividir e subtrair, só se fosse da outra parte, jamais da sua."

"Minha mãe dizia que ele passava horas estudando matemática. Pegava os jornais velhos do vovô Joaquim e escrevia com o que tivesse."

"A matemática era como palavras cruzadas para meu pai. Por isso ele não teve Alzheimer, eu acho. Era uma pessoa do tipo que se sentava para assistir à variação das cotações da bolsa de valores. Ele realmente gostava do mundo das finanças. Assim que começou a ganhar seu próprio dinheiro, ainda como engraxate, seu Leonel o orientou a multiplicá-lo, estimulando sua simpatia pelo mercado financeiro. Ele ficou fascinado e aprendeu tudo o que pôde com seu Leonel. Você lembra como ele era respeitado por seu raciocínio?".

"Claro que lembro! Seu Leonel é o pai da Raquel, que na época estudava música comigo."

"Isso mesmo, o pai da Raquel." Ricardo remexia a sopa enquanto olhava para o vazio e pensava.

"O que foi? Em que você está pensando?".

"Seu Leonel não ficou exatamente milionário, mas ele era rico, porque sua realidade sobrepunha com folga suas necessidades. O jeito como captava o mundo e a capacidade de conectá-lo ao seu próprio contexto o faziam sentir-se um vencedor, com lições a ensinar aos jovens como José. À sua maneira, Leonel era muito rico."

Carolina concordou.

"Utilizar o tempo, o intelecto, as próprias forças para conquistar o que quer, é como encontrar um tesouro", continuou Ricardo.

"José nasceu pobre. No entanto, Ricardo, de acordo com seu raciocínio, a facilidade de relacionamento permitia que ele criasse laços com pobres e ricos. Nas brincadeiras de rua, ele aprendeu que seus amigos não eram nem ricos nem pobres, mas simplesmente meninos mais ou menos habilidosos, com mais ou menos bolinhas de gude. Sua pobreza lhe parecia normal, insignificante ao redor das bolinhas. Eu me pergunto se essa maneira de encarar a própria realidade já não fazia dele uma pessoa menos pobre. De certa forma, José já começava a enriquecer."

Ricardo concordou. "De certa forma. Eu gosto de cálculo, mas para meu pai era diferente; ele tinha verdadeira paixão, ficava intrigado, passava horas desenvolvendo um raciocínio quando pretendia viabilizar um projeto. Quanto mais estudava, mais se sentia absolutamente arrebatado pela necessidade de entender. Como funcionava, isso ninguém entendia, mas era como se daquela folha de papel, daquelas equações mirabolantes, pudesse extrair uma solução diferente, uma resposta afirmativa para aquele orçamento que insistia em não fechar. Ele não desistia. Apertando daqui e dali, fazia mais uma conta até descobrir um dado novo que lhe permitisse perseguir mais um embrião de seus milhões."

"Para transgredir certezas e alterar destinos."

"Não é bonito? Como esse pessoal está fazendo agora. Quero ver quando os resultados trimestrais forem publicados, se terão peito para escancarar o tamanho do rombo. Essa história não vai parar nos fundos, não. O crédito imobiliário vai ser o pano de fundo, mas haverá muita quebradeira. E duvido que medidas governamentais evitem uma tragédia social."

"Ah, por favor! Estamos novamente discutindo problemas financeiros. Me deixe ao menos terminar o jantar."

Ricardo concordou, mas não conseguiu sorrir.

"Essa lição você não aprendeu com seu pai", ela disse. "Quando ele falava em dinheiro, em economia, ficava turbinado, incendiava o ambiente. Você fica muito tenso."

"Exatamente, eu não pertenço à turma dos incendiários. Nesse caso eu estou com os bombeiros."

* * *

Após aquela refeição, Ricardo se levantou, beijou a esposa nos lábios rapidamente e deteve o olhar por um instante em sua barriga. Acariciou-a levemente, e sem qualquer palavra voltou para a sala, onde a televisão continuava ligada, e se afundou em seus pensamentos.

Carolina o acompanhou com o olhar até vê-lo se instalar novamente no sofá e desaparecer em seus devaneios. Segurando a barriga, abandonou a colher com que tomava a sopa e organizou a cozinha.

Descalça, passou pela sala, pegou as sacolas sem que sua presença fosse percebida pelo marido e foi para o quarto. Em poucos minutos, a paz desaparecera de sua casa sem deixar vestígios.

Assim que fechou a porta do banheiro, sua máscara se desfez. Nos últimos meses, vinha se especializando em chorar sem ser notada, durante o banho, no travesseiro, antes de dormir. A tristeza e a preocupação em seus olhos não se entendiam com as palavras de otimismo calculado que saíam de seus lábios.

O que fazer? Carolina via o mundo de Ricardo ruir e não conseguia alcançá-lo, impedi-lo de levar junto o amor. Falavam de realidades diferentes, divergiam nas prioridades, se desencontravam nas reuniões sociais e nas discussões à mesa. Eram pedaços de vida se agarrando à chance de se sobrepor à própria dor. Cada um no seu lugar: Ricardo, no sofá, com suas intermináveis reportagens econômicas; Carolina, no quarto, com seu travesseiro e lágrimas, atravessaram a noite em reflexões sobre a crise que estava apenas começando.

Sentia angústia de não poder ajudá-lo. Havia um ano o mundo encantado em que viviam parecia estar sempre prestes a desmoronar. A turbulência do mercado financeiro infiltrara-se em sua intimidade, em todas as ocasiões. Economista audacioso, capaz de criar modelos de negócios criativos e rentáveis para solucionar problemas sociais, Ricardo era apontado como uma das grandes mentes de sua geração. Suas iniciativas introduziram melhorias socioeconômicas em regiões estagnadas, que agora prosperavam à sombra das empresas viabilizadas por seus projetos.

Entretanto, não conseguia se desvincular dos embriões que ajudara a germinar; e suas ideias de gestão não eram aceitas pelos administradores contratados, complicando seu relacionamento com a agência de investimentos em que trabalhava. Não se convencia de que as estratégias utilizadas estavam corretas, por ignorarem os recursos e ganhos que práticas econômicas conservadoras haviam propiciado ao longo de décadas. Afligia-se com os desdobramentos na economia, pois os previa inevitáveis e catastróficos.

Aprofundava-se cada vez mais em seu universo; passava todo o tempo assistindo a entrevistas, aproveitando os comentários para fundamentar suas investigações. Preocupava-se com o futuro dos empregos e o impacto nas comunidades. Percebia que seus esforços para demonstrar o alto risco das atuais políticas de investimento eram infrutíferos. Vivia enredado nesse turbilhão, do qual não conseguia se desvencilhar, fora do qual tudo era secundário.

Enquanto a preocupação com o futuro negava a Ricardo o acesso a uma vida de prosperidade, Carolina seguia vivendo de acordo com suas crenças. Arquiteta, especializara-se em projetos de iluminação. Quando engravidou, decidiu organizar sua vida de forma a ter tempo, tranquilidade e segurança financeira para dar à criança a mãe que desejava ser. Assinou contrato com uma companhia italiana de equipamentos elétricos industriais e trabalhava na estruturação de uma empresa de distribuição dos produtos, em sociedade com a amiga, a administradora Raquel. Vivia um bom momento profissional, tinha grandes perspectivas financeiras, mas nada se comparava à expectativa por aquele filho que, antes de nascer, já norteava suas decisões. Para ela, a profissão era uma conquista secundária, que não hesitaria em abandonar se, com isso, pudesse resgatar o estado de coisas do início de seu casamento de dois anos.

Carolina percebia que algo tomava forma para Ricardo. Mesmo num lugar tão desestimulante como aquela agência, que o isolava cada vez mais, parecia captar tudo ao seu redor. Muitas vezes, num impulso, acessava sites ou abria livros com a certeza de ter encontrado um aspecto que precisava averiguar. Talvez sua personalidade aliada à genialidade estivesse minando sua tranquilidade, forçando-o a encontrar um meio para alcançar o mundo. Se era esse o caminho, ela estava disposta a auxiliá-lo como pudesse, pois estava convencida de que ele sabia do que estava falando.

Apesar de conseguir lidar com as circunstâncias sob uma perspectiva diferente, Carolina estava consciente da iminência de mudanças; apenas encarava os fatos com disposição e esperança, aceitando o que não lhe cabia alterar. Possuía o bálsamo do otimismo.

Assim que ingressou na agência, Ricardo percebeu o significado da roda-viva em que se transforma o cotidiano de certa categoria de pessoas, para quem a atividade econômica torna-se um verdadeiro processo de sobrevivência. Sentimentos, emoções, realização pessoal, tudo é relegado ao esquecimento, postergado para próximo da aposentadoria, devido à pressão que a vida corporativa exerce sobre a realidade.

No auge do sucesso profissional, a necessidade de trabalhar e realizar projetos toma conta de todos os espaços. Transpira-se produção. Comer e dormir perdem importância para a necessidade de realizar. As características de cada pessoa, sua saúde, disposição, e principalmente motivação, determinam até onde ir. E a satisfação proporcionada pelo êxito é a mais importante. O pensamento é totalmente dominado e não se vê mais nada ao redor: apenas o que se tem a fazer e os meios de fazê-lo.

Ricardo se maravilhara com o poder. O trabalho alimentava sua alma, justificava sua vida. Ele se transformava por dentro. Vendo-se capaz e realizador, começava a se transformar também por fora, interferindo em seu ambiente por se imaginar coautor da realidade. Sentia-se merecedor da crescente atenção recebida das pessoas encantadoras que se multiplicavam à proporção de seus sucessos e passavam a fazer parte de sua vida.

Vistos àquela distância, eram personagens agradáveis, senhores de uma inteligência superior, muitas vezes aparentando serem de fácil trato. Era esse o ponto mais intrigante de toda aquela situação: de acordo com as principais escolas de economia, nem uma alavancagem de capital com a aplicação em fundos que investiam em títulos *subprime*, nem o endividamento superior à capacidade de pagamento pareciam convenientes para empresas promissoras, todavia embrionárias e de grande impacto social. Quando a bolha imobiliária estourou nos Estados Unidos, em julho de 2007, viu todos os sinais de alerta piscarem à sua frente. Diante de tantos argumentos, por que Ricardo não conseguia convencê-los?

    A notícia da gravidez de Carolina veio encontrá-lo num nível de estresse absurdo; não conseguiu redirecionar suas energias. Naquele dia, 15 de outubro de 2008, a Bovespa caíra 11% em decorrência da quebra do Lehman Brothers no dia anterior. Ricardo saiu da agência antes do final do expediente. Na sua urgência de se afastar do que acreditava ser uma catástrofe anunciada, esqueceu sua pasta na mesa de trabalho.

2

CORRENDO VIELA ABAIXO, uma menina de doze anos seguia apressada. Ana sentia na pele o vento que enganava o calor. Trazia os potes nos quais levara os mantimentos para a roça, e era seguida pelo cachorro Marelo.

"Corre, Marelo!", ela gritava. "Deixa de preguiça, mais rápido!", dizia para o magricela que a seguia latindo.

Logo chegaram a uma casa de chão batido, emoldurada por um cercadinho usado como galinheiro. Ana parou, abriu os potes e despejou no chão os farelos de angu que haviam sobrado. Imediatamente as galinhas se agitaram, disputando o alimento. Sem se deter, entrou na casa. Marelo permaneceu com as galinhas, latindo como se lhes desse ordens, enquanto elas se alternavam entre comer e cacarejar. Dois porcos criados pela família entraram na algazarra; em instantes, o barulho era ensurdecedor. Ana chegou à janela e gritou: "Marelo, deixe as galinhas em paz! Quer levar um safanão? Já pra lá!"

Foi prontamente atendida. Marelo reconhecia sua autoridade, sendo seguido pelos porcos. Dissipada a confusão, Ana colocou os potes numa bacia e os lavou com um sabão feito de sebo de porco, enxaguou-os com a água retirada de uma grande tina de madeira numa caneca feita de lata e os dispôs no peitoril da janela para secarem.

Sem pestanejar, pegou uma vassoura improvisada com feixes de gravetos e começou a varrer a casa. Saiu para o quintal e Marelo a seguiu. Correndo e latindo, o cãozinho danado buscava companhia. Ana sorriu. "Ah, danado! Eu não tenho tempo para essas coisas."

Voltou com uma braçada de lenha, que depositou na caldeira do fogão, acendendo-o em seguida. Encheu a caneca de água e a colocou sobre o fogão para ferver. Próximo à pia, havia uma prateleira de tábuas com alguns sacos de grãos. Abriu o de feijão, pegou alguns punhados, colocou-os sobre a mesa de madeira e começou a separar os farelos, pedrinhas e bichinhos.

Numa panela de barro, aqueceu banha de porco, onde dourou dois dentes de alho e rodelas de cebola. Despejou o feijão e a água fervente, e acrescentou folhas de louro. Então se sentou à porta da casa e esticou as pernas fortes, acariciando os pés descalços. Marelo se deitou quieto a seu lado. Quando Ana levantou os olhos, viu ao longe seus pais e irmãos voltando do trabalho na roça. Essa era a rotina da menina. Terá sido sempre assim para as crianças de sua família?

* * *

Sua família chegou ao Brasil no final da década de 1890 e se estabeleceu na região rural paulista, onde o clima, a terra fértil e a escassa mão de obra propiciavam um recomeço a muitas famílias europeias acostumadas ao trabalho no campo.

Na Itália, o bisavô de Ana tirava o mísero sustento da família de nove filhos de um pequeno sítio. Com sua morte, a propriedade passou a pertencer ao filho mais velho, ele próprio pai de cinco crianças e sem a menor condição de proporcionar uma remuneração aos irmãos.

Na época, era prática comum deixar a própria casa para trabalhar nas lavouras vizinhas. Quando não havia emprego, partiam para campos mais distantes nos períodos de colheita, só retornando ao final da estação.

"Não há lugar para todos, não podemos pagar", diziam os fazendeiros.

Se a demanda deixava de existir, mudavam para a cidade à procura de colocação numa fábrica. Milhões de camponeses deixaram para trás sua condição de imigrantes sazonais que iam de um lugar para outro em busca de emprego.

"De que nos adianta essa unificação política? Vivemos numa Itália economicamente debilitada, em forte processo de concentração de terras, onde não há lugar para nós. Dizem que há muitos empregos nas fábricas. Eu sou um trabalhador, posso conseguir um emprego", pensou Manolo. Sem alternativa, Manolo partiu para Gênova.

Em Gênova, Manolo encontrou um cenário desolador. Por toda parte se surpreendia com desempregados buscando uma forma de sobrevivência. Na rua, conheceu Giovanni Andreatti, agente da companhia de imigração La Veloce, que lhe ofereceu passagens para um lugar onde "a terra estava ao alcance das mãos". Todos que estivessem dispostos a trabalhar prosperariam em pouco tempo, podendo retornar à Itália como grandes proprietários agrícolas e com fundos suficientes para recuperar sua parte do pedaço de terra que tanto prezavam.

Mesmo sem jamais terem saído de suas comunidades, as pessoas desconfiavam da existência de um lugar como esse, sonhado por tantos europeus. Além disso, os agentes tinham péssima reputação, e Andreatti não era exceção. Percebendo a hesitação de seus "clientes", convidou algumas famílias para uma reunião da qual participariam alguns professores, o vigário, e talvez até o prefeito. Dessa forma, todos — vênetos em sua maioria, considerados de fácil trato — aceitaram ouvir a opinião das autoridades sobre aquilo que lhes parecia uma falácia.

A reunião começou com uma exposição do vigário sobre virtudes, e o que deveria ser o objetivo de uma vida cristã, enfatizando a fé e a confiança em Deus. Em seguida, um mestre-escola mostrou duas ou três gravuras, ressaltando a exuberância da vegetação, a vastidão da terra e as possibilidades de cultivo. Completou seu discurso com a descrição das modalidades disponíveis na política de imigração brasileira, explicando as vantagens e desvantagens de cada uma: em princípio, favorecia estrangeiros que desejassem um emprego ou a possibilidade de adquirir terras na modalidade de colônias e sobreviver de suas próprias iniciativas. Só então o agente da companhia de imigração tomou a palavra e alardeou as benesses de uma vida de enriquecimento fácil numa terra amistosa e de clima ameno.

Nesse momento, alguém se levantou e mostrou uma carta: "Ouçam todos! Isso não é verdade. Nesta carta, meu sobrinho descreve as péssimas condições de trabalho das famílias italianas nas plantações de café do Brasil", gritou o homem. Entre perguntas e zombarias, ele sacudia os papéis em suas mãos e denunciava: "Ele descreve as moradias sem qualquer higiene, alimentação escassa e de má qualidade. É esse o paraíso?", gritava.

A confusão estava estabelecida. Os ânimos se inflamaram e todos tinham algo a acrescentar: uma história contada por um parente, uma tragédia com um conhecido. Alguém ergueu um pedaço de jornal, dizendo: "Vejam o que acontece por lá, maus tratos e cerceamento da liberdade. Eles não podem deixar as fazendas. Como escravos! Vejam aqui, no jornal!"

Giovanni Andreatti conhecia as queixas. Havia algum tempo esses relatos vinham chegando, iniciando uma campanha para que o governo italiano interviesse na situação.

Não foi fácil conter o burburinho que tomou conta do galpão. A um sinal de Giovanni, o vigário retomou a palavra, lembrando a todos a situação de penúria em que a Itália se encontrava, tirando o alimento da boca das crianças e a dignidade dos homens, exortando os "homens de pouca fé" a uma atitude mais humilde quanto aos caminhos que a Providência lhes apresentava além-mar. Depois de guerras e miséria, a promessa de garantia da própria subsistência já se configurava mais promissora do que a vida de indigentes a que muitos italianos se viam submetidos.

Diante disso, e das dificuldades para conseguir a concessão de terras na modalidade de colônias, a quase totalidade dos italianos optou por imigrar na primeira modalidade. Com os ânimos acalmados, Giovanni conseguiu terminar a explanação. "Agora, vamos organizar a lista de interessados. Façam uma fila aqui, toda a família", disse rapidamente.

Mas Manolo tinha um problema: "Eu não sou casado, vou sozinho", respondeu ao agente quando questionado. Como a preferência dos fazendeiros era por famílias que proporcionassem muitos braços produtivos, Giovanni olhou ao redor antes de sugerir:

"Você pode apresentar-se ao governo brasileiro como marido daquela garota, pois na família dela não há rapazes", disse, apontando para uma menina próxima a eles. Era Carola, treze anos, filha mais velha de uma família com cinco filhas e nenhum filho. Giovanni continuou: "Além de torná-lo mais apto, essa alternativa apresenta outra vantagem. A família de Carola Gottardi possui pré-requisitos raros: os adultos e as três filhas com idade superior a sete anos sabem ler e escrever. Esse fato facilitaria seu ingresso no Brasil através da segunda modalidade, as colônias italianas", finalizou.

Pressionados pela urgência com que a companhia de imigração conduzia as coisas, após alguns olhares e umas poucas palavras, sogro e genro combinaram o casamento, e ali mesmo o vigário o oficiou. Do resto, a vida se encarregaria.

No dia 10 de outubro de 1897, embarcaram no Vapor Manilla, no porto de Gênova, rumo a Santos. Após o desembarque, foram encaminhados a uma hospedaria no Brás, onde os fazendeiros faziam contatos e fechavam acordos de trabalho.

Como Carola chegou grávida, Manolo costumava dizer que o pai de Ana, chamado Giovanni Borghi em homenagem ao agente que os unira, era filho das águas: nem italiano, nem brasileiro.

* * *

Ana gostava dessa história que seus pais contavam, alterando a entonação de voz de acordo com os pormenores. O ponto que mais a agradava era o fim inusitado, sempre acompanhado de uma gargalhada, lembrando os domingos em que seguiam para a missa e ali encontravam os conterrâneos. Eram momentos de muito barulho e alegria — o povo se comunicava por gestos inflamados. Gostavam da sensação de pertencerem a um grupo: no Brasil, descobriram a vantagem de formar uma comunidade.

Enquanto na Itália cada região falava um dialeto e adorava diferentes santos, no Brasil seria inviável a construção de igrejas e altares que replicassem tantas particularidades. Também as preferências alimentares desapareciam quando era preciso adaptar a cultura e a aquisição de produtos às condições brasileiras.

Como lhes era permitido plantar milho entre as carreiras de café, este se tornou a base de suas receitas. Preparavam um angu cozido com farelo de milho, água, sal ou açúcar mascavo e o despejavam, em porções, na chapa do fogão a lenha.

Dependendo do tempo que permanecia assando, era utilizado como complemento diferente: ainda mole, era consumido num prato com leite; mais consistente, transformava-se em bolachas; e mais endurecido ainda, tornava-se a cavaca, que substituía o pão. Até a crosta remanescente na panela, chamada de raspa, era servida com leite nas refeições intermediárias.

Algumas famílias preferiam a polenta, outras a broa. Numa terra estranha e em condições de submissão, essa era toda a divisão que podiam manter. Era preciso deixar a diversidade para trás em nome da sobrevivência.

Uma das finalidades do incentivo à imigração italiana era o fornecimento de mão de obra, até então constituída apenas de trabalhadores negros. Poucos italianos que aportaram no Brasil procediam da Sicília, da Romanha ou das Marcas. A razão era a preferência dos fazendeiros pelos vênetos e lombardos, considerados de temperamento calmo e gentil, sem muitas exigências: elementos rebeldes poderiam causar problemas. Não poucos fazendeiros, e até autoridades, tentaram submetê-los ao mesmo tratamento dado aos africanos. Assim, tornou-se uma questão de necessidade fortalecer a identidade italiana, para se distanciarem da condição social dos negros.

Após o declínio da colônia, Manolo e Carola permaneceram na região de São Carlos, ela produzindo e vendendo queijo, ovos, cavacas e biscoitos, ele fazendo todo tipo de serviço a que tivesse acesso. É preciso lembrar que um trabalhador rural trabalhava, em média, um terço das horas de um operário na cidade. Mesmo assim, Manolo e Carola acreditavam nas oportunidades de uma vida urbana. No princípio, moraram num quarto, numa espécie de moradia coletiva dividida com outros imigrantes.

O sangue vêneto de proprietário corria nas veias de Giovanni Borghi, que jamais abandonou a ideia de se tornar um grande fazendeiro. Achou melhor permanecer no campo, onde todos poderiam trabalhar na roça, e havia espaço para cultivar o milho. Enquanto se preparava para comprar sua propriedade, julgava ter mais garantias de que não passariam fome. Conseguiu uma colocação para sua família numa fazenda próxima à cidade, para que frequentassem a igreja aos domingos e visitassem seus pais com certa regularidade.

* * *

Naquele ano, o período das chuvas se alterara, intensificando o trabalho no período de colheita. Frente à necessidade, a mãe de Ana informou: "A partir de amanhã, você vai se juntar aos outros no campo."

"Não quero", disse Ana. "Eu não gosto do sol. E vocês vivem picados. Não quero ser picada."

"Olha, menina, que é isso, será o fim do mundo? Responder para sua mãe!"

Genara era uma mulher enérgica, comandava com firmeza as atividades das filhas. Sabia o quanto precisavam de braços adicionais para fortalecer sua posição de colonos na fazenda. Ao mesmo tempo, via em Ana a natureza de Carola, a sogra a quem obedecera por tantos anos antes da falência da colônia.

Ana e Carola eram rápidas, davam cabo de qualquer atribuição que lhes caísse nas mãos, e tinham um brilho de fogo no olhar que ela não saberia explicar. Genara temia pela filha que, aos 14 anos, já refletia no semblante a obstinação.

Ana mantinha sua cabeça sempre ereta. Seus cabelos castanhos, ondulados e compridos, emolduravam um rosto delicado, de traços firmes, mas suaves. Os olhos e a boca, miúdos, por muito tempo mantiveram um ar de meninice. De estatura mediana, tinha o tronco forte, pés pequenos e cansados, mãos fortes e ásperas. A despeito dos trabalhos ao sol e da falta de cuidados, seus traços delicados e sua pele fina, quase alva, começavam a revelar a bela mulher em que estava se transformando.

"Preste atenção", disse Genara. "Para proteger os pés das picadas, envolva seus pés em palhas de milho e amarre com palha retorcida. Se não tiver preguiça, não será picada." Empertigada como chegou, Genara virou-se e se afastou, colocando um ponto final na questão.

Embora sua filha não compreendesse a rigidez dos pais, herdada de seus avós, esse foi seu único protesto. Genara contara à filha histórias dos tempos difíceis que seus avós haviam enfrentado para ensiná-la. Comparadas àquelas provações, suas dificuldades eram insignificantes.

*　*　*

Aqueles foram os únicos sapatos que Ana possuiu durante todos os anos no campo. A vida não era fácil para ela, pois seus olhos viam, além das plantações, outros meios de vida que não combinavam com a rusticidade de seu cotidiano.

No cuidado com os irmãos, antevira a carga da maternidade, como a dificuldade de esticar o fubá para alimentar a todos.

Na missa, via o tecido das roupas e se perguntava como seriam produzidos, e como viviam os que não se ocupavam dos campos e compravam o queijo de sua avó. Numa noite cheia de estrelas, debruçada na janela, decidiu que queria outro caminho, outra forma de passar pelo mundo e fazer sua história.

"Vou morar na cidade", pensava. "Lá vou poder comer e ganhar dinheiro, ter uma casa." Foi nessa época que ela conheceu Paulo.

Numa visita aos avós, que se haviam mudado para os arredores da cidade, numa casa com quarto, sala e um pequeno quintal onde cultivavam verduras e criavam suas galinhas, conheceu a família Vaccaro, que incluía oito rapazes.

Um dia, quando Ana pedia a bênção ao avô, no quintal, a porta da casa vizinha se abriu.

"Bom dia", disse o rapaz, corando ao olhar para as meninas.

"Bom dia, Paulo", respondeu Manolo. "Diga para seus pais virem conhecer meu filho e meus netos."

"Sim, senhor", respondeu Paulo, sustentando o olhar em Ana.

Foi o bastante. Ana se apaixonou desde o primeiro momento. Paulo era firme como a vontade dela. Ana viu nele os requisitos para construir a vida que almejava, com trabalho e progresso, longe da roça e da pobreza. Viu nele a determinação, a inteligência e a capacidade de realizar, e essa visão a magnetizou e se solidificou.

Devido ao costume de acertarem o casamento previamente, suas famílias passaram a se visitar com maior assiduidade, enchendo de esperanças o coração da moça. Entre os italianos, as mulheres se casavam ainda menores de idade, de forma que precisavam da permissão do pai, que dava preferência a genros italianos. Os homens tinham maior liberdade para escolher suas companheiras, mas apenas quando desacompanhados dos pais. E assim, as famílias decidiram: em seis meses, Ana se casou com Joaquim, irmão mais velho de Paulo.

Moedas da modernidade

Mas a que ponto a política, o governante, o empresário que dispõe dos empregos e interfere na geração de renda de uma comunidade consegue interferir na vida particular desses indivíduos?

3

RICARDO JAMAIS SE AFASTARA do meio acadêmico, no qual, em 1990, teve acesso a uma rede de comunicação americana denominada Arpanet.

"Pai, os professores estão tendo acesso a alguns avanços tecnológicos motivados pela Guerra Fria. Uma rede de comunicação surgida na década de 1960 me chamou a atenção. Seu objetivo inicial era distribuir e proteger informações do governo dos Estados Unidos de ataque da URSS. Sob a administração da ARPA (Agência de Projetos de Pesquisa Avançados), a Arpanet chegou a ser chamada de 'rede galáctica' por estudiosos do Instituto Tecnológico de Massachusetts."

"Ricardo, estou investigando o que você me contou. Eles não previram o alcance que essa rede poderia atingir. Como um ataque nunca ocorreu, na década de 1970 o governo americano permitiu o acesso à rede para troca de informações entre acadêmicos envolvidos com o desenvolvimento de projetos de defesa. Vá em frente, filho. Isso parece muito promissor", José o encorajava.

Rapidamente a tecnologia se alastrou pelas universidades americanas. Com maior liberdade de utilização, professores e alunos se empenharam em aperfeiçoar a rede. Imediatamente, Ricardo entendeu o que viria a seguir.

"Você está certo, pai. Já há programas que facilitam a utilização da rede por pessoas não especializadas, os navegadores, como Netscape e Internet Explorer. Estou certo de que esse projeto romperá as barreiras de acesso às informações numa escala jamais vista na história."

"Participe dessa história, filho. Descubra como essa rede pode ser útil para seus propósitos", dizia José.

Em 1990, Ricardo já navegava assiduamente na internet. Assistia ao fluxo de dados crescer numa rede que só seria aberta ao público brasileiro em 1992. Com a base adquirida em conversas com o pai sobre números e estratégias econômicas, tinha desenvolvido a capacidade de ver ali uma prática que poderia expandir qualquer análise.

Só anos mais tarde as universidades sistematizariam, como cursos, o que Ricardo engenhosamente fazia de maneira intuitiva.

"Com os números se faz a história, Ricardo. Se der atenção a eles, você encontrará resposta para o que quiser. Eles te ensinarão segredos sobre as coisas e as pessoas, filho."

A enxurrada de dados que a revolução digital disponibilizou permitiu o desenvolvimento de raciocínios sofisticados para a condução dos negócios e a produção de riquezas. Conexões até então inusitadas — como, por exemplo, o impacto dos eventos esportivos televisionados sobre o consumo de fraldas, posicionando-as próximas às cervejas — fervilhavam na cabeça de Ricardo como oportunidades.

Seus esforços chamaram a atenção de uma conceituada agência de investimentos fundada por um professor, economista especializado em investimentos corporativos, chamado Maranha, que o recrutou.

"Seja bem-vindo, Ricardo. Este é o lugar certo para quem gosta de fazer o dinheiro crescer", disse Maranha, finalizando a entrevista. "Estou certo de que suas pesquisas serão de grande valor para a equipe de Cirilo."

"Obrigado pela oportunidade. Eu farei o que estiver ao meu alcance. Estou trabalhando em alguns projetos para pequenos empreendedores. Talvez sejam interessantes para a firma."

Aceso o estopim, Ricardo começou a pesquisar a relação entre fatos e constatações, em princípio, totalmente independentes. Técnicas de análise empresarial e estudos estatísticos eram suas leituras de lazer, enquanto se aprofundava no maravilhoso mundo disposto em dados matemáticos.

"Demais! Está tudo aqui! Tudo!"

Ricardo possuía um raciocínio privilegiado. Seu senso de oportunidade fazia com que seus projetos transformassem ideias visionárias em negócios socioeconomicamente atraentes. Assim, para a surpresa de seus colegas e satisfação de seus empregadores, identificou *startups* que poderiam chegar a grandes resultados em curto prazo.

"Essas empresas nascem de ideias de novos empreendedores e são financiadas por investidores, sob a orientação de gestores privados ou órgãos governamentais, Cirilo."

"Como o Sebrae? O Brasil buscava novos rumos, num panorama de inflação controlada, quando o Serviço Brasileiro de Apoio às Micro e Pequenas Empresas tomou corpo. Eu conheço seu funcionamento", respondeu Cirilo.

Nas palavras de Ricardo, a proposta soava bastante simples.

"*Startups* são grandes ideias em processo de transformação em empresas. A agência assessorará os empreendedores no desenvolvimento do planejamento estratégico da *startup* para receber o aporte de capital e se estabelecer como uma sociedade anônima, em que o empreendedor, dono da ideia, e investidores, sob recomendação da agência, se tornarão sócios igualitários."

"Quanto tempo leva esse processo?", alguém perguntou.

"Quando a empreitada começar a gerar retorno financeiro, os sócios poderão optar por continuar no negócio, vender sua participação societária ou simplesmente voltar à posição de investidores com direito aos dividendos, sem interferir na gestão da empresa", Ricardo explicava.

"Como será definido nosso envolvimento?", outro perguntou.

"Tudo estará no contrato. Ficará sob a responsabilidade da agência a avaliação das iniciativas, ou seja, selecionar as ideias, calcular o valor da *startup* e o capital inicial necessário para operar por doze meses, recomendar o investimento a seus clientes e intermediar a elaboração dos contratos."

Após uma animada sessão de perguntas e explicações, o projeto foi aprovado, inaugurando um período de muitas sessões na sala de Maranha, durante as quais as ideias de Ricardo eram esmiuçadas, apreciadas e aplaudidas.

Entretanto, não era do interesse da agência permanecer ligada à administração. Essa particularidade deveria estar especificada nos contratos, isentando a agência de toda a responsabilidade após os primeiros doze meses de operação.

Em busca de subsídios fiscais, as empresas eram instaladas em regiões metropolitanas de cidades de médio porte, com infraestrutura de qualidade. Ali conseguiam vantagens econômicas na aquisição da sede e diminuição de impostos em contrapartida à geração de empregos e o treinamento de uma população com oportunidades limitadas de remuneração e especialização — um belo modelo, onde em médio prazo todos sairiam ganhando com a prosperidade da empresa.

O idealismo de Ricardo facilitava esse processo, que, para funcionar, precisava de mentes capazes de realizar o planejamento, bem como entender as características da região em que a empresa se estabeleceria. Ter alguém que entendesse os anseios de todas as partes era fundamental para o sucesso, e o pensamento analítico de Ricardo era apto a atender às demandas, fossem produtivas, sociais ou políticas.

À medida que *startups* recomendadas por Ricardo passaram a ganhar corpo, espalhando empregos e dividendos, despertaram o interesse de governança numa categoria de pessoas muito bem preparadas para gerir riquezas a partir de recursos naturais, tecnológicos e humanos, gente especializada na obtenção de resultados previamente especificados. Mas a que ponto a política, o governante, o empresário que dispõe dos empregos e interfere na geração de renda de uma comunidade consegue interferir na vida particular desses indivíduos?

Com mais emprego, passa a haver mais dinheiro circulando no comércio, gerando aumento no consumo de itens básicos, podendo chegar ao aquecimento do mercado de compra e venda de imóveis. Nesse contexto, um líder poderoso, sem comprometimento moral, pode causar verdadeira devastação, pois esse tipo de organização se infiltra na estrutura das comunidades e interfere na maneira como seus membros vivem, em seu consumo, na escolha da carreira dos filhos, na localização de suas casas, em suas amizades no clube.

Desde que Adam Smith convenceu a civilização ocidental de que é possível que uma sociedade desenvolva uma divisão de trabalho em que todos tenham suas necessidades atendidas mediante o próprio empenho, passamos a acreditar que por meio do trabalho e da economia é possível viver com mais benefícios do que os proporcionados pela vida selvagem. Assim tem sido e seguirá sendo, até que ocorra um problema e as economias não se mostrem capazes de manter a engrenagem de geração de empregos e riquezas. É em momentos como esse que as diretrizes da cúpula dominante são cruciais na determinação das consequências.

A política de investimento de recursos também incomodava Ricardo.

"As empresas são muito incipientes para estratégias de capitalização arrojadas, senhores. Investimentos menos audaciosos são mais adequados, por minimizarem os riscos para a comunidade, ao preservar os empregos", argumentava nas reuniões de diretoria, sem sucesso.

Diante do currículo brilhante de profissionais renomados com os quais se relacionava, julgou prudente aprender e buscar alternativas bem fundamentadas, para não soar ingênuo e despreparado.

No mundo dos negócios, um investimento é considerado coberto se o fluxo de caixa do investidor for suficiente para ressarcir tanto os juros como o capital emprestado. Caso contrário, se forem necessários novos empréstimos para pagar o capital, podendo o caixa arcar apenas com os juros, o investimento é considerado especulativo.

"Qualquer oscilação de mercado pode gerar um impacto regional muito negativo", alertava Ricardo. "Chamo a atenção para a exposição que a alavancagem proposta vai acarretar. O que vocês chamam de alavancagem, eu chamo de risco. Estaremos arriscando a saúde financeira de milhares de pessoas, cujas vidas passaram a girar em torno do sucesso da empresa."

Seus pares riam do que chamavam "conservadorismo ingênuo" de Ricardo. Afinal, quem não arriscaria para aumentar seus ganhos financeiros num cenário tão promissor como o brasileiro no final do século?

"Ora, Ricardo, a situação poderia ser mais crítica, pois é possível tomar um empréstimo sem ter fluxo de caixa que comprove a capacidade de pagamento... até dos juros." Investimentos "Ponzi", em que a única saída é a valorização contínua dos ativos adquiridos com o empréstimo. Compra-se sem dinheiro e lucra-se com a valorização de algo pelo que não se pagou. "Se fosse essa a proposta, até poderíamos concordar com você, mas entenda, arrojo é fundamental na condução de um negócio."

A *startup* de software tinha oitenta por cento de seu capital de giro proveniente de investimentos especulativos. Era esse o pesadelo de Ricardo, o mecanismo produzido pela liberalidade na concessão de crédito. Ao redor da máquina de café, buscava convencer seus colegas.

"Os investidores, ou melhor, os tomadores de empréstimo, passam de uma categoria para outra, até que a alavancagem baseada numa valorização futura se torne insustentável, culminando numa crise econômica — como numa corrente, em que os primeiros são ressarcidos e os últimos acabam pagando a conta." O processo ficou muito claro quando Ricardo estudou os textos publicados nos Estados Unidos entre 1980 e 1995.

Como seu temor não teve ressonância, buscou um contraponto. Encontrou a Teoria de Ciclos Econômicos da Escola Austríaca, em que a responsabilidade pelo aumento do valor dos ativos é atribuída à ingerência de bancos centrais, levando ao excesso de alavancagem e investimentos equivocados, culminando com recessão.

Mas, por mais que se esforçasse, Ricardo era considerado retrógrado. O potencial daquela *startup* era muito grande, e quando as coisas se tornam realmente grandes as pessoas começam a agir de forma diferente. Ricardo se surpreendia com problemas que surgiam do nada, colegas se afastando, contratação de novos executivos, remanejamento de suas atribuições. Chegou a se perguntar se não estaria ficando paranoico, com mania de perseguição. Sua autoconfiança estava minada.

Seu desgaste profissional era visível. Foi excluído das discussões estratégicas em que antes brilhava. Quando participava, sentia certo ar de condescendência, como se o ouvissem em deferência aos bons serviços do passado. Ricardo agarrava-se a essas oportunidades para demonstrar o conhecimento adquirido, tentando dar uma guinada na situação com a ideia certa.

"Calma, Ricardo. Prossiga em seus estudos. Você vai conseguir", pensava. Todavia, sentia-se arrastado para a mesmice de estudos ultrapassados que diminuíam sua capacidade de gerar fatos novos. Até que a convocação para reuniões se tornou esporádica. Gradativamente, essas convocações começavam a provocar ansiedade, palpitações e uma aversão crescente às reuniões, num processo de fobia. Em meio a essa confusão, não ouvia mais ninguém.

Na verdade, suas convocações às reuniões eram uma investigação de seu pensamento, pois julgavam prudente vigiar os rumos do raciocínio daquele cérebro que havia introduzido novas modalidades de negócios na agência. Maranha considerava importante "tomar o pulso" de sua equipe: um dia poderiam lançar uma ideia, e precisavam estar atentos para detectar oportunidades e armadilhas antes que fosse tarde.

Os temores de Ricardo finalmente se concretizaram em 2007.

"Eu sabia!", ele repetia para uma Carolina perplexa, enquanto lia o jornal. As tais técnicas de capitalização deflagraram uma quebra do sistema de financiamento imobiliário americano, cujos credores envolviam grande número de instituições financeiras internacionais, entre elas os bancos em que a *startup* de software tinha investido seu capital de giro. Aquela pequena iniciativa, agora uma empresa de médio porte — devido ao planejamento estratégico e a uma alavancagem de alto risco — caiu na armadilha que o assombrava.

"Como pôde ser tão danosa a uma empresa local, se a crise financeira era americana? Por que a produção de software será impactada por uma bolha no mercado imobiliário? Se os softwares desenvolvidos se destinam ao mercado interno brasileiro, como explicar esse impacto quase imediato?", Carolina questionou.

"São os modernos processos de capitalização. A grande cilada da alavancagem de alto risco é o súbito desaparecimento do capital de giro, dinheiro utilizado no pagamento dos salários e encargos. Quando a valorização futura não ocorre, esse dinheiro desaparece. Sem recursos, não há produção; sem produção, não há liquidez; sem liquidez, não há salários. O resultado é o desemprego, com impacto imediato na comunidade. Afinal, o comércio, todos se ajustaram para atender à demanda de uma empresa moderna, administrada por profissionais altamente qualificados. Assim funcionam as apostas de investimento em capital de risco."

"Deve haver uma solução. Não acredito..."

"Tudo é incrível, até deixar de ser, Carolina", disse, fechando o jornal.

A *startup* não era um caso isolado. Após décadas de combate à inflação, o Brasil em 2007 vivia um momento de estabilidade econômica e grande otimismo. A queda de aversão ao risco dos investidores resultava em níveis cada vez mais altos de endividamento para investimentos em ativos. Quando, em julho daquele ano, a bolha imobiliária estourou nos Estados Unidos, aos olhos de Ricardo o panorama econômico de curto prazo mostrava-se claro e assustador, comparável à terrível crise de 1929, superada após décadas de esforço.

Intensificou ainda mais seus estudos e passou a sugerir aos clientes investimentos diferentes, contrariando a orientação da agência. Mas, para quem fora aliciado pela adrenalina do binômio "risco x rentabilidade" acima das taxas de mercado, não era simples abster-se desses dividendos. Além do mais, Ricardo vinha dando indícios de desequilíbrio.

Em meados de 2008, enquanto o mercado celebrava as variações das ações nas bolsas de valores, sua prática foi denunciada ao seu superior, o diretor Cirilo, por investidores que se sentiam lesados pelo fraco desempenho dos investimentos sob sua orientação. E ele foi penalizado com a perda dos principais clientes de sua carteira.

"Eu não entendo", ele se dizia. "Por que todos estão aborrecidos? É verdade que contrariei as recomendações da agência, mas eu estava realmente convicto da iminente reversão de tendências no mercado. Agora os fatos se consumaram. Como o acerto das minhas previsões pode enfurecer de tal maneira, não só a diretoria, mas também os colegas que até há pouco estavam ávidos por minhas opiniões? Está tudo nos jornais. Ninguém mais lê os balanços? Estamos na curva descendente, mas os prejuízos podem ser minimizados!"

Ricardo se comportava como um equilibrista na corda bamba e, enquanto não se cansasse, prosseguia no espetáculo. Crescia em seu íntimo uma sensação de não pertencimento àquele grupo, tendo perspectivas incompatíveis com as de seus colegas. Contava com a corda e seu desempenho, mas não antevia como alcançar a segurança da plataforma. Para atingi-la, precisava de uma estratégia diferente, pois seu conhecimento teórico só fazia aumentar o peso de sua carga: tinha consciência de algo que não aceitava, e cuja negação não o libertava da própria responsabilidade.

* * *

Quando o índice Bovespa acusou a queda de 11 por cento, o pregão foi paralisado. Imediatamente Maranha lembrou-se de Ricardo. Era preciso vigiá-lo de perto. Apagou o cigarro e deixou sua sala em direção à estação de trabalho do analista, parando a alguns metros, numa posição em que pudesse observá-lo.

* * *

Naquele momento, Ricardo estava ocupado demais para perceber o homem que o espreitava. Enquanto ouvia as notícias sobre a queda das ações, Ricardo via rachaduras que desciam pelas paredes da agência, ao redor do monitor à sua frente. Primeiramente à esquerda, abriu-se uma trinca, permanecendo estagnada na altura do monitor; como não era a primeira vez que lhe ocorria esse tipo de visão, precaveu-se, observando os colegas. Ninguém parecia percebê-la; preferiu atribuí-la a seu estresse e a ignorou. Porém logo apareceu outra, à direita, mais intensa e profunda; e outra, e mais outra.

Não era só estresse; aquela sensação ultrapassava o limite da normalidade. Sufocado e suando muito, tinha de sair daquele local cheio de ruídos, vultos e falta de ar. Atabalhoado, Ricardo pegou o celular e derrubou as chaves. Enquanto se abaixava para apanhá-las, derrubou os papéis sobre a mesa. Seu descontrole era visível. Deixou papéis pelo chão e esqueceu sua inseparável pasta pessoal sobre a mesa.

* * *

Maranha percebeu o descuido. Aguardou a saída dos colegas e levou a pasta para sua sala, onde examinou minuciosamente seu conteúdo. Ele encontrou anotações, projeções, contatos, recortes de jornais.

Não era um trabalho trivial. Com as atividades profissionais reduzidas, Ricardo voltara seu olhar para o presente, fazendo conexões entre ciclos econômicos e crises financeiras.

Tendo-se dedicado horas a fio a estudos de casos e levantamentos, Ricardo compilara muita informação. Além disso, cadastrara-se em diversos grupos de discussão online e, com perguntas pontuais nas salas de chat e comentadas por pessoas com interesses similares, chegara a conclusões segmentadas. Bastava unir as pontas para atingir o resultado final. Estava tudo ali.

Era-lhe penoso perceber que as preocupações de Ricardo se mostravam cada vez mais fundamentadas, sem que encontrasse uma forma de proteger as empresas que havia ajudado a criar, os empregos que se orgulhava de ter ajudado a gerar, as transformações sociais pelas quais se sentia tão responsável.

Maranha examinava os papéis cuidadosamente, até se deter num rascunho alarmante, endereçado à imprensa, aparentemente escrito por Ricardo num momento de desespero. Previa uma queda superior a 30% na Bovespa ainda naquele ano.

Com a testa franzida, Maranha dizia a si mesmo: "Eu tinha razão. Esse rapaz estava preparando uma tempestade."

Ricardo estudara testes realizados na década de 1990 que contestavam a eficiência do mercado. Apontava semelhanças entre a situação atual e a bolha de ações de empresas de tecnologia nos anos 1990 e 2000, ou a subida dos preços das ações de petróleo que vinha ocorrendo desde 2006 sem motivo aparente. Instava as autoridades monetárias a se anteciparem a uma "iminente depressão mundial" com medidas regulatórias de emergência.

Maranha mordeu seu lábio inferior. "Não, Ricardo não pretendia publicar isso. Talvez pensasse em submetê-lo às salas de chat, fragmentado, para que ninguém tivesse todas as informações, e ouvir algumas opiniões", Maranha ponderou. "Ricardo é discreto e conciliador."

"Mas agora é tarde." Largou os papéis sobre a mesa, resoluto. Não tinha sido em vão seu empenho em manter aquele funcionário apesar de seus delírios contra as práticas de alavancagem. Maranha pressentia que era preferível tê-lo na agência do que como ex-funcionário, no momento de turbulência do qual ninguém mais duvidava.

A imprensa chamava de "contágio" os reflexos na Bovespa, e o governo repetia que o país estava blindado. Considerando a queda acumulada nos últimos três meses, superior a 25%, essa previsão, vinda de um profissional com a reputação de Ricardo, seria uma bomba que, naquele momento, não interessava a ninguém.

Maranha estava determinado. Recolocou todos os documentos na pasta e a devolveu. Naquela mesma noite, Maranha convocou Cirilo para uma reunião a portas fechadas, na qual selaram o futuro do analista.

4

COM A CRISE DO CAFÉ, que abalou o mercado nos primeiros anos do século XX, muitas famílias italianas retornaram à Itália, ou emigraram para países vizinhos, com melhores condições de vida. A natureza da família Vaccaro, essencialmente agrícola, postergou seu êxodo para a cidade. Quando se viram impossibilitados de permanecer na fazenda em que eram colonos, optaram pela transferência para os arredores de São Carlos, onde fazendeiros recrutavam trabalhadores temporários e os pagavam com um percentual da produção.

Como filho mais velho, Joaquim sempre fora uma criança trabalhadora. Sua rotina consistia em acordar cedo, tomar um pouco de leite e andar até a roça. Pais e irmãos seguiam sem conversa, sem cantoria, até o local onde iriam trabalhar. As palavras eram raras.

"Vamos logo", ouvia Joaquim quando se distraía observando uma árvore, um animal, uma pedra diferente. Não havia tempo para distrações.

A rotina de trabalho era incessante. Quanto mais se fazia, mais havia a ser feito. Se o clima colaborava, a terra precisava ser cultivada. Terminado o cultivo, era preciso eliminar as pragas. Quando chegava a colheita, era preciso retirar os grãos e dispô-los no terreiro para secar antes de ensacar. O transporte para a cidade era providenciado, e os filhos mais velhos acompanhavam o pai.

Naquele mundo, a vida consistia na busca da subsistência: bastava saciar as necessidades primárias e continuar vivo. As refeições dependiam da colheita naquela terra pródiga, onde os trabalhadores eram muitos: com os pais e outros oito filhos, eram vinte mãos, de sol a sol. Sem palavras. Só mãos.

Mas para Joaquim, a vida era boa. O sol brilhava quase sempre, a água estava próxima, não conhecia a fome e, aos domingos, podia nadar no riacho. Quando trabalhava nos campos após o jantar, podia deitar-se na grama e olhar o céu, sentir o corpo relaxar, mastigar um ramo que deixava descansar no canto da boca. O cheiro da mata normalmente era fresco, e no tempo da colheita, quando os terreiros ficavam cheios de grãos, havia o aroma do café.

* * *

Ao final do dia, na cidade, os italianos se juntavam aos vizinhos em animadas conversas na frente das casas, trocando impressões sobre preços de produtos, as últimas notícias da Itália, da guerra e as ações do governo, até que a campanha de nacionalização iniciada por Getúlio Vargas durante o Estado Novo deflagrou um período de novas dificuldades para as famílias de imigrantes.

Foi nesse estado de espírito que Ana iniciou sua vida urbana. Ainda havia na casa dos Vaccaro crianças que, na companhia dos jovens das redondezas, frequentavam a escola quando não era tempo de colheita; lá eram instigados a falar a língua portuguesa, sem qualquer vestígio de sua origem.

"Não fale como um carcamano. Você está no Brasil", afirmava a professora com veemência.

Para os mais velhos, as dificuldades eram ainda maiores, pois tinham sido proibidos de falar seus dialetos em público.

A doutrinação da "escola nova" possuía um forte apego cívico, visando à formação de um espírito nacional. Naquele momento da história do país, Ana entendeu, ser brasileiro era positivo e ser italiano era ser atrasado.

"Olhe para eles. Vejam como são sujos esses italianos", ouviam com frequência quando andavam pelas ruas. Mas os problemas não se resumiam a isso.

Os assaltos e invasões a propriedades italianas se intensificaram. Tudo o que pudesse ser relacionado à cultura italiana foi desqualificado e transformado em motivo de vergonha, pois "colono" passou a ser sinônimo de "atraso", e "italiano", de "perigo". Foi uma época de silêncio e privações acentuadas, com a entrada do Brasil na Segunda Guerra Mundial contra os países do Eixo, que incluíam a Itália.

* * *

Joaquim não vivenciou a guerra, mas os depoimentos de amigos recrutados reforçaram sua crença na inutilidade do sonho e da ambição. Afinal, todos aqueles homens com os quais se relacionava, na mercearia, no porto, na igreja, falavam maravilhas da vida no Brasil, uma terra fértil, distante de bombardeios. Enalteciam a alegria de ter uma casa para onde voltar, além da satisfação de poderem se alimentar todos os dias.

"Se eles, que viveram tanto, viajaram para tão longe e passaram por tantas situações, diziam isso, para que complicar? A vida é como é", pensava. "O resto é desvario." Sua satisfação se resumia a ter o prato cheio e a noite para dormir.

Naquele tempo, ainda era possível detectar algo de divertido nos olhos de Joaquim, mas qualquer tipo de emoção ou leitura de sua personalidade terminava ali mesmo. Tinha um comportamento fechado, apresentando isolamento e renúncia ao sentimento de grupo, tão familiar aos italianos de sua geração.

Alto, com a pele clara importada da Lombardia e olhos azuis, era um jovem muito bonito, de uma beleza que não ultrapassava o espelho. Era todo presente; uma pedra preciosa em estado bruto, cumprindo o destino natural de ser humano.

* * *

Nas famílias italianas, os filhos levavam a mulher para morar na casa dos pais, sob a tutela da mãe. Quando Joaquim se casou, construíram um quarto em parte do terreno ocupado pelo galinheiro.

As atribuições de Ana iam desde a retirada de água do poço, o cuidado com a roupa do marido e cunhados, até a manutenção da casa arrumada. A sogra gostava de cozinhar, só deixando o fogão a seu cargo no período das colheitas. Preparavam e consumiam linguiças e toucinho, produtos raros na casa dos pais da moça. Excepcionalmente, havia na mesa aos domingos uma garrafa de vinho, ausente na mesa da maior parte dos italianos.

Apesar de a política imigratória ter privilegiado os italianos por sua pele branca e sua fé católica, o tratamento que recebiam não era muito diferente dos abusos cometidos por fazendeiros em suas propriedades. Ana ouvia falar de casos de roubo seguido de espancamento de italianos pela polícia. Essa situação conflitava com a franca preferência por europeus, que levava a termo a política expressa de "branqueamento" da população brasileira.

Para complicar um pouco mais, grande parte do contingente de policiais e soldados brasileiros era formada por descendentes de africanos. Além da batalha pela sobrevivência da família, travavam outra por uma identidade social que garantisse respeito e segurança na sociedade que se formava. Assim, para eles havia os italianos e os brasileiros, incluindo nessa categoria os africanos.

A mudança de Ana para a casa dos sogros transformou sua maneira de ver o Brasil e entender a humanidade. Não havia como permanecer à sombra da sucessão de fatos contundentes na década de 1940. A guerra modificava os hábitos à mesa, retirava os homens de suas casas, e a capacidade de produção e consumo se alterava vertiginosamente.

Desencontros e frustrações eram comuns em seu casamento, pois, enquanto Joaquim era a terra, Ana era o fogo. O marido, aos dezenove anos, era um homem cansado, enquanto a esposa era uma mulher pulsante de apenas quatorze. Joaquim vivia, Ana pensava. O raciocínio iluminou o caminho que suportava a vida de Joaquim, mostrando-se insuportável para Ana. Quando José nasceu, mudaram-se para São Paulo.

Barbárie em dois atos

São momentos terríveis em nossa civilização, naufrágios anunciados em que a sociedade se desvia, tomando o rumo irreparável da destruição.

5

NO DIA 17 DE OUTUBRO DE 2008, a imprensa especulava sobre o envolvimento de funcionários de agências de investimentos em práticas que haviam causado prejuízos premeditados a investidores brasileiros. Imediatamente começaram os rumores. Os profissionais cochichavam nomes, recebiam telefonemas de clientes e parentes, querendo garantia de sua idoneidade e, se possível, maiores detalhes sobre as infrações.

Alguns dias depois, circularam nomes de bancos estrangeiros, com informantes ainda não confirmados que teriam passado instruções detalhadas a serem seguidas pelos correspondentes brasileiros. Durante os dois meses seguintes não houve semana sem que algo fosse publicado: estava instaurada uma espécie de caça às bruxas. Quando a fogueira estivesse quente e a opinião pública devidamente inflamada, seriam entregues os nomes.

Com o desenrolar dos acontecimentos, alguns clientes que haviam sido alertados por Ricardo voltaram a procurá-lo. Com relação ao que precisavam e possuíam, eram indivíduos que, por bem pouco, por qualquer informação que lhes trouxesse um retorno positivo de curto prazo, poderiam se sentir enriquecidos. Se o ganho revertesse em perdas na sequência, não importava, era a parte inerente ao risco, e evidentemente não alterariam seu curso enquanto conseguissem se sustentar, custando o que fosse, a quantos fosse.

"Alguns investidores se portam como se estivessem a léguas de distância das demais pessoas", pensava Ricardo. Num momento anterior, tinham encontrado nas diretrizes da agência exatamente o que almejavam, como quem busca o deleite imediato, sem mensurar os efeitos colaterais. "Mas os tempos são outros."

Ricardo olhou ao redor por um minuto e balançou a cabeça. "Todos estão alarmados. Aquela atmosfera tênue de gentileza da agência escondia uma amargura. Agora não importa. É preciso rever as possibilidades e adotar outras soluções. Ainda assim, a maioria simplesmente confia na própria capacidade de dissipar as contraindicações. Por que tem que ser tão difícil?"

Quando as quedas expressivas nos valores das carteiras de investimentos se sucederam semana após semana, muitos não sabiam como proceder. Com as coisas insistindo em não se comportarem conforme o esperado, aquelas pessoas, antes tão cordiais e bem-humoradas, com alto senso do próprio valor, mostravam-se contrariadas por não poderem fazer uso de seu dinheiro. Sabiam que a inconstância fazia parte da normalidade de uma gangorra financeira, fazendo escolhas e determinando lances. Mas estavam sedentas do poder que inebria os sentidos, da posição de protagonistas que transformam tudo à sua volta, magnetizados por uma ambição sem limites. Em determinadas ocasiões, Ricardo tinha a nítida impressão de que em suas mentes todo o resto se dissipava, como se não existissem pessoas, relacionamentos, às vezes nem mesmo o sucesso. O importante era o poder.

Nesse momento, veio à sua mente o pensamento de Michel Montaigne, que afirmava que os que receiam empobrecer muitas vezes vivem mais angustiados do que os próprios pobres. Talvez esse pensador francês do século 16 tivesse razão.

"Quem estaria realmente isento para criticar e condenar essa postura, se nunca houve na história da humanidade uma época em que poder, dinheiro e bem-estar não fossem metas para as pessoas?", Carolina questionara-o.

Ricardo não respondera nada, pois as palavras ecoaram em sua mente. "Todos buscam, em diferentes graus, exatamente o que esses homens tinham. E afinal, quando uma companhia com grande potencial — como a *startup* de software — se instala numa cidade de pequeno ou médio porte, onde fica centrado o poder?", Ricardo concluiu, relembrando os brindes a suas façanhas passadas.

Ricardo, por sua vez, era talhado para a convivência, para funções que envolvem contato e atendimento aos interesses de outros. Era impossível não perceber seu abatimento frente ao rumo dos acontecimentos. Sua transformação transparecia em sua imagem, nas suas palavras, no trato pessoal.

Assim como seus colegas, alguns clientes voltaram a procurá-lo. Se alguns assistiam a seus esforços com respeito, outros estavam interessados nos resultados que poderiam obter com sua colaboração. Para quem convivia amiúde com tantas pessoas, participando de suas tomadas de decisão, certos comportamen-tos característicos não passavam despercebidos. Apesar de tudo, sua grande necessidade de sucesso e um apego genuíno ao ser humano afloravam a cada atendimento.

Suas atitudes denotavam um tipo de humildade altiva, um estado que o aproximava da humanidade por ver o outro como igual. Nada havia de servil nessa abordagem, nem se tratava de uma postura impotente. Naquele momento, ambas as partes queriam atingir os mesmos resultados. Algumas vezes, Ricardo chegava a explicar suas pesquisas, mostrava projeções, recomendava moderação àquelas pessoas pragmáticas, acostumadas a comandar.

Essa situação não fazia parte dos planos da agência para seu funcionário outrora ilustre. Ao vê-lo trabalhar horas após o expediente, Maranha não teve dúvidas de que através de seus estudos Ricardo elaborava conjecturas que poderiam posicioná-los à frente dos fatos, mas não necessariamente suas conclusões seriam adequadas à agência. Ricardo era um obstáculo que precisava ser retirado, como qualquer coisa que contrariasse a estratégia de posicionamento da agência, afetando sua imagem de idoneidade ou sua rentabilidade. A permanência de Ricardo junto aos investidores era uma situação que precisava ser resolvida, pois o que mais importava era o resultado dos investimentos.

Mas não havia como evitá-lo sem despertar a estranheza dos demais funcionários. Pessoas influentes procuravam a genialidade de Ricardo, agora ciosas de não desperdiçar os alertas daquele profissional cujo senso de responsabilidade desafiara a própria agência.

Foi então que Cirilo o chamou.

"Ricardo, vamos tomar um café", disse Cirilo.

Sem tempo para pensar, Ricardo levantou-se e seguiu seu chefe.

Cirilo preparou dois cafés expressos e ofereceu o primeiro a Ricardo.

"Obrigado", respondeu em tom reticente.

Cirilo começou a falar. "Ricardo, quero que você prepare uma apresentação para toda a equipe. Precisamos acalmar os ânimos e restaurar o espírito coletivo fragilizado por esse clima de insegurança. Você percebe essa sensação de suspeita que paira sobre o ambiente?"

Ricardo concordou com a cabeça, surpreso.

Cirilo continuou: "A ideia é incitá-los ao estudo do panorama econômico recente, buscando alternativas de investimento como você está fazendo. Você sabe, há países não contaminados pela crise. Pense sobre trazer casos bem-sucedidos de empresas sustentáveis e sua forma de driblar as dificuldades."

Parando por um instante, tomou mais um gole de café e olhou para Ricardo antes de prosseguir:

"Essa ênfase é apropriada para esse momento em que 'ambição' e 'ganância' são palavras fáceis na grande mídia. O importante é enfatizar a capacidade de superação das dificuldades do bom profissional, desde que direcione suas energias para o próximo sucesso. Todos sabem disso. Você me entendeu?"

Ricardo estava perplexo. "Que tipo de convite é esse?" Apesar de Cirilo ser um profissional tremendamente bem posicionado, a construção de sua carreira era um caso quase inevitável de sucesso, devido à educação privilegiada que recebera como membro de uma classe social abastada.

Cirilo pareceu ler sua mente.

"Sempre tivemos muitas divergências. Seu pensamento foi forjado pela história de sua família, eu sei. As batalhas empreendidas por seus ancestrais pela sobrevivência, respeitabilidade e prosperidade, influenciaram sua percepção e valores, e eu não vivi isso. Mas o momento exige que trabalhemos juntos para resolver os problemas da agência. Compartilhe sua visão com a equipe, vamos suscitar a discussão até chegarmos às soluções."

Finalmente, Ricardo respondeu: "O que você disse me surpreendeu. Não se parece com sua abordagem costumeira."

"Pessoas em todo o mundo estão buscando alternativas que você já tinha encontrado. Além disso, você tem essa paixão pela proteção do meio ambiente. Fale-nos sobre o terceiro setor, suas estratégias. Estou convencido de que a agência pode sobreviver se trabalharmos juntos. É a sua vez, Ricardo, o momento pelo qual você tem esperado."

Ricardo assentiu. Lembrou-se das práticas de países como Suécia e Dinamarca, onde as empresas abertas e estatais são obrigadas a publicar um relatório para destacar suas práticas econômicas, sociais e ambientais.

"Sim", pensou. "Posso discorrer sobre a monitoração por conselhos e a tirania moderna dos resultados trimestrais, mesclando citações acadêmicas a estudos de casos." Subitamente sentiu um gosto amargo na boca, pois sabia que, fosse qual fosse sua retórica, os homens de negócios sempre saberão filtrar o que lhes convém e discordar em silêncio do que consideram devaneios idealistas. Mesmo assim, prosseguiu.

Ricardo havia deixado rastros muito claros de sua personalidade, tornando previsíveis suas reações e atitudes.

O terceiro setor! Finalmente a oportunidade de discorrer sobre seu novo objeto de interesse. "Podemos introduzir iniciativas lucrativas que levem novas perspectivas aos bolsões de pobreza", pensava.

Por mais que morasse no Morumbi e dirigisse um carro do ano, Ricardo valorizava as origens de sua família e sua luta. Acreditava que a prosperidade era algo viável para qualquer cidadão bem orientado e disposto a trabalhar. E a agência estava lhe dando a oportunidade de estabelecer esse entendimento entre seus pares.

Aceitando a solicitação de Cirilo, animou-se com a possibilidade de reabilitação de sua imagem. Trabalhou com afinco para demonstrar que sabia do que estava falando, e era suficientemente esperto para se antecipar às consequências do estouro da bolha.

"Pode contar comigo, Cirilo."

"Excelente. Venha, vamos conversar na minha sala. Qual é a proposta para o terceiro setor?"

"Num momento em que a responsabilidade social das empresas estava tão abalada, incluir o terceiro setor na recomendação de investimentos da agência expandiria seu raio de ação consideravelmente. Não é necessário interferir no território sagrado dos lucros, apenas direcionar os tributos de uma forma diferente..."; e Ricardo estava pronto para arquitetar essa transição.

Após uma longa conversa, Ricardo ficou confiante. Era esse o seu objetivo, e para atingir os colegas pretendia envolvê-los numa dinâmica diferente. "Usarei histórias e citações, ao invés de números e projeções. Quando estiverem devidamente sugestionados a aceitar a novidade, voltarei às estatísticas e projeções de mercado, apresentando a proposta. Se a apresentação conseguir tocá-los, poderemos repetir o sucesso das *startups*. Agora sob nova abordagem, mais adequada a esses tempos de incerteza", Ricardo planejava.

Apesar da ênfase dada à exportação, Ricardo vislumbrava a expansão da classe média através do redirecionamento da produção nacional para o mercado interno. Sonhava com um país de classe média forte, sem grandes desigualdades, e estava convicto de que aquela abordagem desencadearia seu projeto embrionário.

"Eu farei um grande trabalho." Quem sabe o melhor?

* * *

No dia 12 de dezembro, seus colegas o receberam no auditório da agência com uma introdução que lhe causou certa estranheza.

Maranha iniciou a reunião. Devia ser algo já decidido de antemão, pois Ricardo sabia como as coisas funcionavam quando

Maranha estava no comando. Mais que o sócio majoritário da agência, ele era o coração operacional da agência.

Maranha enumerou as façanhas de Ricardo desde sua entrada na agência, seu brilhantismo e capacidade de inovação, declarando que era hora, mais uma vez, dessa maestria ser utilizada para redirecionar os rumos da empresa. "Vamos ouvir o que ele tem a nos dizer", finalizou.

Ricardo enxugou as mãos suadas em sua calça. Essa não era exatamente a abertura que ele esperava.

Mas ele trabalhara muito na apresentação. Naquele momento, ver seus colegas reunidos dispostos a escutar suas propostas era quase comovente, como se estivessem iniciando uma nova etapa de grandes realizações, deixando para trás um período nebuloso.

Assim, não demonstrou sua estranheza, nem agradeceu a Maranha. Iniciou logo seu discurso:

"Na sua profunda busca por margens seguras, a humanidade navega alternando entre ideologia e pragmatismo, progresso e transcendência. Os séculos se intercalam, delineando esse caminho. Diante da pujança financeira, nações inteiras repensam sua cultura, dando espaço a novas ideias, novas formas de gestão e expectativas de vida. A humanidade altera sua fórmula de sucesso, mas almeja incessantemente os mesmos resultados."

Nesse ponto, podia-se perceber certa inquietude entre os ouvintes, fazendo-o engolir a seco. Alguns colegas murmuravam. Atrás dele, podiam-se ouvir Maranha e Cirilo cochichando.

Naturalmente, a introdução preparada por Ricardo era um pré-requisito para contextualizar sua proposta. A ideia era que todos naquela sala adquirissem uma noção mínima do que a análise social de culturas estrangeiras e suas histórias poderiam gerar em termos de negócios rentáveis. Mas, na prática, não conseguia chegar nem perto de seus elevados ideais, pois seus ouvintes estavam interessados em outros temas. Ricardo percebeu a resistência, mas prosseguiu.

"Houve o tempo da santidade, do título e da nobreza, da fama e do reconhecimento intelectual. Porém, o tempo do poder e da segurança jamais passou. Nesse processo evolutivo da sociedade, apesar de todos os crimes, nunca houve tanto respeito à vida, ao ser humano, à natureza."

O burburinho aumentou.

Enquanto tomava um gole de água, Ricardo percebeu sua segurança se esvaindo e uma dor cortante se instalando em seu peito. Imediatamente decidiu cortar etapas. Desistiu de sua estratégia inicial, queria chegar mais rápido aos dados e projeções relativos ao terceiro setor.

"Esta afirmação pode parecer inocente, pois há muitos casos, muitos argumentos para demonstrar a que distância caminhamos de algo que possa ser chamado 'respeito à vida', mas eu a sustento. Apesar de todo o avanço, atrocidades continuam ocorrendo, agora com alarde. O que já é um avanço! Quantos crimes foram cometidos em silêncio e enterrados?"

A plateia estava assombrada. Ricardo tinha noção de que causaria desconforto com algumas ideias, mas pretendia tirar os ouvintes da zona de conforto para, então, rapidamente encaminhá-los a ações práticas, executáveis. Mas a reação não condizia com suas expectativas.

Passando os olhos por seus diretores, notou que Cirilo fitava o orador com aquela superioridade calculada que antecede o golpe final. Ricardo molhou os lábios.

"Hoje, a internet fura bloqueios e joga a realidade particular no mundo global, e é cada vez mais difícil ocultar o que acontece. É cada vez maior o discernimento dos cidadãos sobre o certo ou errado, plausível ou inadmissível. A cultura muda, mas a capacidade de julgamento se mantém. Estamos presenciando a instauração de um estado de urgência, as pessoas estão percebendo que algo precisa ser feito. É o momento de fomentar a certeza de que as mudanças podem começar em nós..."

Ricardo parou e respirou fundo. Ele desafiava a adversidade e avançava:

"...no ritmo que imprimimos às nossas vidas, no nosso posicionamento perante a comunidade. As grandes transformações da humanidade se baseiam nesses detalhes! Na influência de uma cena assistida, na leitura de um livro, na convivência com uma pessoa próxima que, muitas vezes, não se dá conta do efeito que exerce ao seu redor. Por isso, é tempo de cautela. São momentos terríveis em nossa civilização, naufrágios anunciados em que a sociedade se desvia, tomando o rumo irreparável da destruição. Posso citar exemplos de negligência na ética, na educação, na saúde: negligência com a vida. Não há plenitude, nem superpotências, nem grandes heróis onde prolifera o egoísmo, o oportunismo exacerbado, a miopia social."

A plateia estava paralisada. Ricardo agarrou-se àquele instante de atenção.

"A sobrevivência da sociedade deve prevalecer no planejamento de longo prazo. O imediatismo é o pai da derrocada, mas podemos sobrepujá-lo, se..."

"Chega. Já ouvimos o suficiente."

Ricardo estremeceu.

Era Maranha. Ele se levantou, mantendo seu olhar severo fixo em Ricardo:

"Estamos aqui para falar da estratégia de reposicionamento da agência e você utiliza nossa energia para discorrer sobre 'crimes enterrados' e 'tempo de santidade'? Cirilo, você não foi claro com o seu funcionário?"

Cirilo fitou Ricardo com uma expressão de repreensão e sentenciou: "Ricardo, hoje você ultrapassou todos os limites. Pegue suas coisas e não volte mais à agência."

A audiência sobressaltou-se.

Ricardo olhou para suas mãos com o peito apertado.

Tudo estava acontecendo muito rapidamente. Estavam todos atônitos. Ricardo engoliu com dificuldade. "Não, as coisas não podem ser assim. Tenho algo a dizer", pensou.

Mas assim que Ricardo expressou uma reação, Maranha levantou a voz.

"Você ouviu Cirilo. Ponha-se daqui para fora imediatamente! Seus pertences serão encaminhados a seu domicílio. Cirilo, acompanhe este senhor até a porta."

Assim que deixaram a sala, Maranha dirigiu-se aos demais com as mãos estendidas. "Em nome da empresa, peço desculpas a todos pelo episódio lamentável que presenciamos. É muito penoso ver um profissional brilhante se deixar envolver pelo próprio ego e desperdiçar uma carreira bem-sucedida com delírios de prepotência que nenhum de nós se pode permitir. Ricardo é estimado pelos clientes, e não queremos complicar ainda mais a reputação da agência."

Baixando a cabeça para proferir a última sentença, arrumou os óculos e prontamente continuou, num tom enigmático, devidamente calculado: "A crise dos títulos *subprime* abalou todos os profissionais relacionados aos investimentos, e é inegável o desequilíbrio de Ricardo, mas não seria justo que notícias de dentro de nossa corporação ligassem seu nome a práticas denunciadas pela imprensa antes da conclusão das investigações. Conto com a discrição de cada um de vocês. Coloquem uma pedra sobre esse assunto e não façam comentários; será melhor para todos. Voltemos ao trabalho. Obrigado."

Atordoadas, as pessoas começaram a se levantar e a se dirigir aos seus postos. O expediente havia se encerrado.

O clima era de luto. Ricardo era reconhecidamente capaz, educado e focado. Como era possível que se tivesse portado de maneira tão descabida? Sua paixão por assuntos como responsabilidade social e sustentabilidade era conhecida, mas também se sabia que não era dado a discursos ou defesas intempestivas. Ricardo era pragmático, propunha ações objetivas, com resultados mensuráveis.

Após o ostracismo a que fora submetido, essa chance de voltar a brilhar poderia ter mexido com sua cabeça, como saber? Mas ele continuava sendo preferido pelos clientes e os satisfazia com explicações práticas. Era difícil conviver com aquela sensação de que um terremoto atingira a agência, sem deixar pedra sobre pedra. E o que pensar do último comentário de Maranha, sobre sua ligação com as notícias da mídia? Ele saberia de alguma coisa? Teria Ricardo chegado a esse ponto?

Havia as denúncias internas. Ele havia contrariado as orientações da agência, recomendando precaução nos investimentos. As peças não se encaixavam, mas os fatos eram claros: Ricardo estava fora do jogo.

* * *

Enquanto girava o gelo de seu uísque com o dedo médio, Maranha observava pela grande janela de sua sala os funcionários deixarem a agência. Calculava o impacto de sua tacada e se regozijava. A rapidez com que decapitara aquele homem tinha sido fenomenal. Aproveitara o desconforto causado por sua apresentação encomendada e preenchera o espaço com uma repreensão direta e definitiva, sem agressões verbais que pudessem vir a se desdobrar em ações de reparação moral, nem brechas para divisão de opiniões.

Via nos passos pesados dos funcionários o estado sofrível em que se encontravam. Poucos tinham ânimo para conversar, e isso era tudo o que ele queria. Como em um quebra-cabeça, instaurou-se uma sensação de que os fatos não se encaixavam, como se faltasse algo — poderia ser qualquer coisa, até mesmo o envolvimento de Ricardo com práticas ilícitas que vinham sendo investigadas. Afinal, ninguém conseguira compreender com clareza o que se abatera sobre aquele profissional.

Há um grupo de pessoas que apresenta certa alteração física num lóbulo temporal de seu cérebro, muito peculiar. Para elas, é muito simples aprender a disfarçar emoções para manipular pessoas e situações, pois seu cérebro parece não transmitir ou responder a sinais emocionais normais. Empatia e assédio são seus instrumentos de controle. Essa alteração se manifesta no ambiente corporativo como uma vantagem competitiva, pois não há sofrimento perante a necessidade de demitir, dispor de pessoas em benefício de um propósito: são pessoas imunes a outras pessoas.

Maranha se sentou, afrouxou a gravata e deu um grande gole em seu uísque. Agora faltava pouco. Pegou o telefone e ligou para Cirilo:

"E então?"

"Está feito. O entregador já está a caminho."

"Qual foi a reação?"

"Reticente. Mas ela fará o que queremos."

"Ótimo. Quer uma dose? O gelo está no ponto."

"Não é má ideia. Estou chegando."

6

A PAIXÃO DE PAULO POR ANA entranhara-se em seu ser como o ar que se respira. Como uma sede que precisa ser saciada, anteviu sua vida com aquela mulher, ainda num corpo de menina. Sentiu sua pulsação, seu apego à vida, seu fascínio pelas estrelas.

Terceiro filho dos Vaccaro, mal completara dezessete anos quando se conheceram. Imaturo e temente aos pais, jamais expressou seu interesse pela neta dos vizinhos. No auge de sua juventude, não sabia o que fazer com aquela sensação.

"O que está acontecendo comigo? Que calor devastador é esse que me desperta no meio da noite? Como um pensamento que não deixa espaço para outros, eu só penso em você, Ana", Paulo dizia a si mesmo.

Nos três meses seguintes, enquanto as famílias se visitavam a intervalos de quinze dias, cabia a Ana auxiliar na preparação dos alimentos e no bem-estar dos adultos. Aos rapazes era dado consentimento para permanecerem na sala, ouvindo a conversa dos pais, algumas vezes bebericando vinho. Permaneciam afastados da filha de Giovanni, porém não o bastante para evitar olhares furtivos, embora para Paulo olhar nos olhos de Ana fosse quase impossível, pois o que ele via era um fogo do qual ela ainda não tinha consciência, mas que na sua inocência se fazia transparente. O magnetismo que os uniu foi fulminante.

A aproximação das famílias possibilitou um estado de encantamento que os cegou para os fatos prementes. Quando seus pais anunciaram o casamento do primogênito com a jovem, foi como se o mundo houvesse girado rápido demais e Paulo, sem que se desse conta, se tivesse perdido no tempo. Não sabia o que pensar, o que fazer, o que sentir.

Em função de uma disfarçada eugenia, determinando que filhos de italianos sempre se casassem com filhas de italianos, vez por outra ocorriam casos de jovens que fugiam de casa, praticavam sexo e só então retornavam, a fim de reparar o chamado "crime de defloramento" com a oficialização de um casamento já consumado. A sociedade aceitava essa reparação para uma situação que era motivo de muita vergonha para as famílias. O matrimônio restituía-lhes a honra, reabilitando-as socialmente.

"Se eu tivesse percebido os sinais, poderíamos fugir... Não precisávamos ir muito longe nem nos ausentarmos por muito tempo; mas essa nossa paixão nos cegou e ficamos assim, imobilizados", Paulo lamentava, no auge de seu desespero.

Joaquim e Ana se casaram e se estabeleceram na residência da família Vaccaro.

"Vivermos na mesma casa é um suplício que jamais será posto em palavras. Eu sinto o cheiro dela em todo canto... Ela sempre se mantém a uma distância segura. Eu também, eu sei. Como suportar essa situação? Se ao menos eu a visse feliz, mas não. Meu Deus..."

Revezavam-se nas refeições. Quando era imperativo compartilharem uma situação, Ana permanecia cabisbaixa enquanto Paulo procurava se liberar.

Após alguns meses, Paulo se casou com Coralina, a quem nunca conseguiu apegar-se. O descompasso visível do casamento de seu irmão devastava seu ânimo, enquanto ele próprio desgraçava a vida daquela a quem tentara se agarrar.

"Estou repetindo os erros de Joaquim. Eu tentei, Coralina, eu tentei. Infelizmente Ana ocupa todo o meu coração, minha mente; não há espaço para mais ninguém. Salve-me, Coralina! Me ajude!", Paulo suspirava sozinho.

Ausentava-se o quanto podia, trabalhando, bebendo, ou simplesmente vagando, evitando voltar para casa.

Numa dessas andanças, foi assaltado e espancado. Conforme relato de testemunhas, quanto mais apanhava, mais incitava a barbárie, até por fim encontrar descanso para o fardo em que seus dias se tinham transformado. Quem o matou? Pouco importa. Finalmente, seu sofrimento teve fim.

* * *

Coralina, no curso de uma gestação de trinta semanas, desesperou-se quando se viu viúva, o que precipitou o parto e selou seu fim. Duas existências desperdiçadas deixaram para o mundo o grão que haviam germinado: José.

A tragédia condenou as almas daquela família a um sofrimento que ocupava todos os espaços. Cada ruído do pequeno José desesperava sua avó.

Ana se desdobrava entre os cuidados da casa, da sogra e do menino, que se tornara o centro de sua existência desde o instante em que colocou seus olhos sobre ele: o destino retomava uma história que parecia ter-se arrependido de abortar.

Enquanto Ana se apegava ao filho colocado em seus braços, os Vaccaro definhavam em torno da perda do filho e o abandono crescente da matriarca. Decidiram mudar-se para São Paulo. Joaquim e Ana iriam à frente e levariam José. Assim que estivessem instalados, em condições de receber os demais, o restante da família partiria.

O futuro de uma alavancagem do passado

Algumas pessoas e profissões escolhem a via lateral, os objetivos alternativos. Abandonam a estrada larga, de edifícios altos e alvos padronizados, para enveredarem por caminhos estreitos, mais adequados a seus temperamentos e anseios.

7

CAROLINA ESTAVA TRANSTORNADA quando chegou ao escritório. Raquel percebeu e tentava ajudar.

"Essas preocupações não podem te impedir de levar uma vida normal", Raquel disse. "Olhe para o passado, Carol. Desde o tempo do descobrimento do Brasil, a aura de paraíso era suficiente para ganhar as pessoas. Naquele momento, quando as ideias eram dominadas por dogmas religiosos, proibições, culpa e submissão, antever o paraíso na terra representava a possibilidade de fazer da própria existência algo diferente, uma esperança grande o suficiente para inebriar as mentes sedentas e conduzi-las além-mar, com rumo incerto, em busca da própria paz."

"Não entendo, Raquel. Qual a relação dessas coisas com a minha situação?"

"O mesmo não acontece agora? Veja a história. O humanismo inaugurou o entendimento do homem como um ser capaz, com o poder de guiar seu destino. Já o romantismo introduziu os sentimentos, a paixão. Os homens mudaram ao longo da história. Se quiser ajudar Ricardo, você precisa descobrir que abordagem utilizar. Quem é esse homem?"

"Eu sei. Para resgatar meu marido, tenho buscado novos argumentos nos livros e nas orações. Preciso encontrar algo capaz de capturar a atenção de Ricardo, uma história que penetre em sua mente e funcione como uma corda a que ele possa agarrar-se para sair da alienação."

"Você está certa, Carolina. Suas palavras precisam achar o tom correto, mudar seu estado emocional e desbloquear seu cérebro, encorajando-o, permitindo que novas ideias entrem."

"Ah, Ricardo é tão racional. Ele é talhado para o domínio do conhecimento. Gosta de colecionar vitórias com sua capacidade de ação. Determinar novas alternativas de vida, conforto, evolução em tudo que ele puder transformar."

"Então, minha amiga, esse é o apelo que ele reconhece. Você precisa identificar essa linguagem para atingir sua alma."

"Vou tentar novamente, Raquel."

* * *

Naquela noite, Carolina estava determinada a lutar pelo bem-estar de Ricardo. Ela o recebeu com um *spaghetti alla carbonara* sem lhe dar a chance de recusar. Após o jantar, sentaram-se no sofá para assistir TV.

"Sinto muito se estou sendo otimista demais. Eu não compartilho de sua visão alarmista. Você me explicou os problemas, eu sei. Apesar de tudo, quando vejo os edifícios do nosso elevador, eles parecem tão altos; as estradas e ruas, mais largas e melhores; tudo mais limpo e organizado — e isso é bom."

Ricardo sacudiu a cabeça. "Você está convencida de que os governos precisam atrair investimentos e serão capazes de impedir o desmantelamento do sistema?"

"Sim. É verdade que às vezes as pessoas precisam renunciar a algo para preservar a ordem das coisas. Então eu me pergunto como é possível uma nova ordem econômica sem descartar alguns aspectos do modelo atual? Num determinado momento, o menor tem que ceder para algo maior. Além disso, querido, há um código de ética entre você e a agência, não entre você e a comunidade em que as empresas são instaladas. Seu compromisso termina quando a empresa é instituída e passa a ser administrada por outros."

"Você não entende...". Ele discordava, balançando a cabeça. "Eles acreditaram em mim! Fiz as apresentações, visitei as repartições, convenci as pessoas a apostarem na empreitada. Sou responsável pelo que vier a ocorrer na região."

Ela se esforçou para que suas palavras soassem otimistas, encorajando-o.

"Não deprecie a capacidade das pessoas de tomar suas próprias decisões, Ricardo. Elas aceitaram o panorama que você lhes apresentou; julgaram-no vantajoso para a comunidade. Seja como for, gostaram da sua proposta, não necessariamente pelas razões que você considera importantes, ou para atingir os objetivos que você propôs. Por isso o projeto foi adiante."

Com seus olhos cansados, Ricardo fitou Carolina e perguntou: "Você acha isso mesmo?"

"Acho."

Ela assentia com a cabeça, ansiando por seu olhar. Ele se levantou e foi até a cozinha. Enquanto pegava um copo de água, pensava nos últimos argumentos de Carolina. Quando voltou à sala, ela continuou:

"Eu entendo que empreendedorismo significa correr riscos, mas até certo ponto. Ricardo, você tem razão sobre o capital de giro. Não faz sentido uma empresa arriscar tudo em algo que não está sob seu controle, e que ela não sabe aonde vai dar." Ela tentava manter sua mente aberta. "Você se lembra de Montaigne, Balzac e Thoreau? A riqueza foi objeto de estudo para todos eles, apesar de seus trabalhos terem significados tão diferentes."

"Você e seus filósofos..."

Carolina apoiava-se na literatura na tentativa de salvar Ricardo e sua própria vida.

"Eles não apresentam fatos definitivos em seus livros. Com suas ideias, alçam voo, segurando o leitor por uma mão, mas deixando a outra livre para que o leitor possa agir. Por ser ficção, Ricardo, a literatura é de certa forma uma mentira, um modo delicado de colocar o indivíduo em contato com algo diferente. Assim, pensamentos que num primeiro momento soam estranhos, gradativamente, nos deixam mais à vontade", ela disse. E pensou: "Ah, se eu pudesse reproduzir esse efeito em Ricardo, para que chegasse a um entendimento, ele conseguiria outros desfechos e poderia libertar-se."

Com seu raciocínio rápido, Ricardo pegava uma ideia e a desenvolvia, como um personagem numa história. Como nas brincadeiras de sua infância, essa ideia-personagem ia mudando, crescendo e argumentando contra quem quer que se opusesse. Dava vazão aos contra-argumentos e tudo se transformava num combate teórico.

Invariavelmente, seus valores e suas crenças o devolviam às suas reflexões. Nenhuma história que Carolina pudesse contar-lhe soava como narrativa nova, pois todas convergiam ao mesmo ponto. Nada era bom o bastante para resgatar Ricardo daquela torrente de realidade que o arrastava, cegando-o. "A sabedoria dos escritores que li não atinge sua vida real. Talvez por terem nascido em outra época, vivido situações, eu não sei. O fato é que não consigo reproduzir o processo com meu marido."

Ricardo, no entanto, estava doente. Contara a ela que sentia formigamentos por todo o corpo. Seu sono era tumultuado. Só pensava em suas pesquisas e nas possíveis soluções para as questões que o perturbavam. Ela não podia desistir.

* * *

Foram vários os desabafos com Raquel.

"Às vezes sinto como se estivesse perdendo minha percepção do que é real."

"Não diga isso, Carol. Se Ricardo se comporta como alguém apto a dirigir a própria vida, o respeito à imagem que ele tem de si mesmo exige que você lhe dê esse crédito."

"Então talvez seja necessário me calar para evitar que ele se afaste e eu possa zelar por ele. Talvez eu esteja começando a me cansar, e o sentimento de culpa por desejar fugir da vida que estamos levando comece a calar minha voz."

"É muito triste que vocês pareçam estar infectados pela insensibilidade, a estagnação da vontade de resolver, de se adaptar, de transformar o que não vai bem. Vou rezar por sua família, Carol."

"Faça isso, por favor."

* * *

Após muito insistir, Carolina convenceu Ricardo a irem ao parque Ibirapuera para uma caminhada. Eles discutiam numa batalha frenética de ideias. Em determinado instante, a paciência de Carolina se esgotou:

"Ricardo, pare! Isso é loucura! Você não percebe que tentar resolver os problemas do mundo por meio de seu raciocínio lógico é impossível? Essa sua racionalidade levada ao extremo é absurda, torna-se irracional."

Ele parou de andar e disse: "Mas, Carolina, existem pessoas, famílias, comunidades tão carentes de tudo, tão insuportavelmente pobres, que com bem pouco é possível parecer rico para qualquer um ali. Onde não há alimento, a saúde é só para os ricos. Onde não há segurança, a dignidade é para poucos. Você entende o que estou dizendo?"

"Assim como entendo que as pessoas tomam decisões pensando no futuro, às vezes num futuro tão distante em que já serão esqueletos", ela disse. "Mesmo assim, julgam saber o que é melhor para seus filhos e netos. Ao menos terão comida, remédios e a dignidade de que você fala. Como julgá-los?"

Eles estavam discutindo na pista de corrida. Um grupo de pessoas passou por eles pedindo que não obstruíssem o caminho.

"Essas pessoas não têm escolha. Em alguns momentos, as dificuldades se acumulam até não poderem mais suportar. É necessário orientá-las, ensinar qual o limite, o sinal de que chegou a hora de mudar as regras. Esse esforço não é em vão. Entretanto, eles também têm direito a uma existência digna."

Ela sacudiu a cabeça.

"Que jeito terrível de viver, sempre tomando a seu cargo a resolução do que convém aos outros. Se você pretende respeitar a percepção e as experiências alheias, pare de dizer o que é bom ou mau para todo mundo. Mais ainda, de fingir que não há escolha. Todos têm alguma escolha, e a pior opção é a que faz a pessoa se sentir prisioneira das decisões que outros tomaram em seu lugar. Pessoas que se comportam como você, resolvendo tudo sem deixar opção, tornando os demais verdadeiramente miseráveis." Ela olhou ao redor e disse: "Vamos andar, Ricardo. Estamos atrapalhando as pessoas."

"Eu sei do que estou falando", ele assentiu. "O desenvolvimento econômico deixa os pobres menos pobres na medida em que aumenta seu acesso aos itens de primeira necessidade, e até propicia a aquisição de outros bens de consumo", disse, seguindo-a.

"E isso não é bom? Não é por esse motivo que você discute na agência?"

"Não exatamente. Da mesma forma, os ricos se tornam muito mais ricos do que jamais foram, pois a produção da riqueza é alavancada pelo aumento do consumo, incluindo na categoria 'consumidor' uma parcela da população que não possuía nada."

"É uma solução em que todos ganham. Onde está o problema?"

"Se o enriquecimento em cascata é uma das características históricas da economia, a distribuição da riqueza é seu contraponto. A maior parte do bolo fica sempre concentrada nas mãos dos gestores desse dinheiro, tornando-os cada vez mais ricos, pois o processo ignora a necessidade de distribuição de riqueza", ele disse.

"Trata-se da ampliação do mercado consumidor até um ponto satisfatório para quem, mais do que nunca, concentra a riqueza. É isso?"

"Sim. É uma questão de ponto de equilíbrio entre o poder e a dignidade de quem governa uma sociedade."

"Você não está indo longe demais?". Ela parou, tomando um pouco de água da garrafa que carregava. "Pegue, tome um pouco."

"Existe uma categoria de indivíduos superficialmente ricos, muito perigosos, uma riqueza acumulada ao custo de abusos dos próprios limites, que produziu feridas que eles não sabem como curar. Na convivência íntima com suas próprias opções, alternam a sensação de serem senhores e escravos daquele dinheiro, daquele poder que tanto desejaram, pensando que estavam conquistando a liberdade", Ricardo disse, segurando a garrafa de água.

"Você não está exagerando? Amanhã será sua apresentação. Tenha cuidado. Nem todos estão preparados para suas ideias."

* * *

"Como você pode falar em trabalho de equipe? Da habilidade de trabalhar como um time, com algo que realmente traga benefícios para todos? Vejo grupos de pessoas úteis umas às outras, mas com objetivos próprios convergindo para um alvo adequado a todos."

Ricardo não falava, urrava. "A ética é fundamental! Sem ela, a humanidade não passa de um bando de mercenários sem valores nem noção de limite! Lembrem-se de Balzac: 'Por trás de toda grande fortuna, há um grande crime'!".

Diante da expressão de perplexidade dos que o ouviam, Ricardo parou. Falava às moscas. Um homem precisa entender quando a própria atitude deixa de ser adequada. Não estava atingindo ninguém, e tudo aquilo se havia transformado numa autoagressão, uma catarse pública. Calou-se e saiu.

Ele sacudia a cabeça. "Os piores lugares do mundo são aqueles em que os iguais abandonam uns aos outros, minando uma esperança que os mantinha ligados, alimentando sua noção de humanidade." Ele abriu a porta e caminhou em direção aos elevadores. Enquanto pressionava o botão, sua mente continuava. "Mesmo quando parece não haver mais recursos, é possível que um ampare o outro, ao invés de sancionar sua derrocada. O que leva um ser humano a escolher a desumanização, o isolamento? Ou será humano ser imperfeito, alienar-se ao sofrimento alheio para suportar o próprio?"

O elevador se abriu, resgatando-o de seus pensamentos. Ele entrou e pressionou o botão para o térreo. Quando as portas se fecharam, sentiu-se encurralado. A diretoria surpreendera-o com a demissão sumária daquela agência. "Eu lhes entreguei projetos aos quais dediquei noites de estudos, que consumiram minha saúde. Agora estou aqui descobrindo, depois de todos esses anos, que as amizades nem sequer existiram. Deixar aquela sala, a empresa, o convívio daquelas pessoas, a rotina diária... Foi o meu projeto de vida que me foi arrancado", dizia a si mesmo, olhando ao redor, para nunca mais voltar.

Pegou seu remédio no bolso do paletó. Suas mãos estavam trêmulas. Com esforço, conseguiu engolir três glóbulos.

Aquele período havia devastado sua autoconfiança, suas certezas em relação à raça humana e ao sistema de produção de riquezas. Suas crenças mais profundas iam se dissolvendo em crises nervosas. Sem parar de andar, pegou o celular. Chamou o número de Carolina, imaginando o que ela diria. Na noite anterior, mais uma vez ela o lembrara de como sua trajetória deixava transparecer, mais do que racionalidade e inteligência, a autoconfiança, certa alegria presente na retórica dos que já viveram períodos de sucesso. E insistira que ele relaxasse em seus braços. Estava especialmente falante, relembrando os triunfos do marido.

"Eu não entendo, Ricardo. Parece que você não descobriu seu sucesso. Apesar de já ter atingido muitas metas, não adquiriu segurança. A grandiosidade inerente ao ser humano está em você, em mim, no nosso filho que está chegando. Não permita que nenhum sentimento, nenhuma espécie de pobreza emocional negue isso a você."

Ela não atendia. Ele ligou novamente. "Onde estou indo? À cafeteria, preciso beber uma água. Ah, Carolina, atenda ao telefone..."

"Ela é meu tesouro... Assim como a autossustentação é o verdadeiro tesouro que proporciona aos ricos a sensação de prosperidade e segurança, a incerteza de que poderão angariar o necessário está na raiz da indigência dos pobres. Estou maluco? Que tipo de pensamento é esse? Estou pensando como ela.

Preciso tanto dela para enfrentar a vida. Ela não admite, mas eu sei", Ricardo se dizia. "Posso ouvir suas palavras como se ela estivesse aqui, agora."

"Se a humildade consiste em tratar como iguais a todos e a si, humilhar-se é abrir mão desse direito para consigo mesmo, agindo contra seus princípios. Tome as rédeas de sua vida, Ricardo."

Em suas conversas com aquela mulher próspera, via pistas de como resgatar o próprio orgulho e voltar ao patamar de merecedor que ele reconhecia no olhar dela. Entretanto, após algum tempo, ele dizia:

"Meu corpo dói, estou tremendo, minha cabeça parece querer explodir."

A conversa terminava e ela se dirigia à cozinha.

"Por mais que acumule promoções e títulos, eu vivo num estado de indigência, pois nada acontece como desejo. Tenho tentado convencer-me de que há outra forma de gerar riqueza e distribuí-la. Isso soa como experiências que não vivi. Até poderiam tornar-se alternativas reais, mas não passam de ilusão, mentiras que denunciam esse estado de penúria intelectual e emocional. Por que, do alto de meu apartamento com elevador panorâmico, não consigo me sentir próspero?"

Retornando com uma xícara de chá, ela disse: "Tome, Ricardo. Vai te fazer bem." E, sentando-se a seu lado, continuou: "Algumas pessoas escolhem objetivos alternativos. Abandonam a estrada larga, de alvos padronizados, para enveredar por caminhos estreitos, mais adequados a seus temperamentos e anseios."

"Mas só se estabelecem se houver público, se encontram apelo nos desejos alheios", ele disse.

"Nós temos um bom exemplo próximo a nós. Por compartilharem o mesmo modelo de prosperidade, vovó Ana foi um trunfo na vida de José. Você sabe a empatia que havia entre eles. Às vezes, isso acontece."

Essa questão se apresentara no caminho de Ricardo como um entrave para seu sonho.

"Você conhece o estilo de vida habitual na agência. Os associados sofrem de insônia há anos, dormem de quatro a cinco horas por noite, alimentam-se mal e estão quase sempre irritados, como se essa condição fosse normal."

"Por razões como essas, eles pagam com a própria saúde os benefícios que recebem da empresa. Por quê?"

"Eles temem o empobrecimento. Permitem a impregnação de seu corpo, seu tempo, suas famílias, pelos efeitos danosos de um trabalho que os aniquila a longo prazo. O que deveriam fazer? Viver nessa pobreza moral ou escapar à miséria?"

"Você não precisa passar por isso, Ricardo. Nós podemos seguir em frente com nossas escolhas."

Ricardo colocou o celular sobre a mesa. Olhando ao redor, observou as pessoas na rua movimentada da cafeteria. "É impossível que todos pensem como eles ou os investidores. Deve haver outra forma de viver, como ela diz." Pegou o celular e digitou novamente o número. "Carolina, onde você está? Por que não atende às minhas ligações?"

"Olá, querido."

"Carolina! Você está aí. Eu preciso de você agora. Por favor, venha até aqui."

"Estou indo, fique calmo. Onde você está?"

"No café próximo à agência."

* * *

Quando Cirilo lhe telefonou naquela tarde, Carolina percebeu que insistir naquela rotina seria ainda mais prejudicial.

"Olá, Carolina. É Cirilo. Você está sozinha?" Imediatamente, as palavras de Marina soaram em sua mente: "Os amigos e os inimigos não estão onde esperamos encontrá-los, minha filha."

"Sim, estou", respondeu.

Enquanto Cirilo falava, ela compreendeu o que acontecera na agência. "Especialmente quando se trata de poder, precisamos reconhecer os valores, saber o que é caro a cada pessoa. A partir desse entendimento, conseguimos perceber o movimento de cada pessoa, de acordo com seus interesses", relembrava. "A paixão, mais que a obrigação, norteia as atitudes em busca do que desejam. Por que você não entendeu os sinais, Ricardo?" Carolina lamentava silenciosamente. "Alguém está ligando. É Ricardo."

Então, ela agradeceu pela oferta de Cirilo, sem mencionar que o desequilíbrio de Ricardo fora diagnosticado como síndrome do pânico. Apressadamente pegou a bolsa e se dirigiu à garagem.

"O que está acontecendo, Carol?", Raquel perguntou.

"Ricardo foi despedido."

"Espere, você não pode dirigir nesse estado. Eu levo você."

"Pobre Ricardo, ele não precisava viver esse pesadelo. Tudo porque ele não desistiu."

"Ele ficará bem, está em tratamento."

"Seu corpo treme, tem tido dificuldades de pronúncia."

"Vocês são uma família, ele te ama e o bebê está chegando. Vocês vão conseguir reverter a situação. Seja forte e paciente, minha amiga."

"Estou tão preocupada. Ele apresenta muitos sintomas. Insônia, tonturas, temores, desapego ao filho que está chegando e à vida que construímos juntos, o abandono de si próprio. Onde eu errei, Raquel?". Ela estava chorando. "Ele está ligando."

"Não atenda. Ele não pode perceber que você está chorando. Estamos quase chegando."

"Seu entusiasmo está se transformando numa ansiedade destrutiva."

"Eu sei, Carol. A síndrome do pânico é como um acidente da riqueza em que tudo vai se esvaindo. Ela deixa um vazio que a pessoa não sabe como preencher."

"Exatamente, o medo se infiltra, um sentimento de desamor por si projetado no outro, até que nada sobre de bom ou prazeroso, paralisando as forças. Ele está se deixando paralisar, Raquel."

"Preste atenção, Carol, tudo que estamos dizendo não é apenas um alerta de que as coisas vão mal; é um grito. Ricardo é um profissional conhecido e respeitado em sua área, pode recomeçar; com seus projetos, Carolina, você pode suprir suas necessidades com folga, sem tocar no patrimônio acumulado. É a oportunidade de reverter o estágio da doença."

"Se há muito tempo nossa sobrevivência está garantida, por quê? O que o fez persistir naquele ambiente? O que mantém tantas pessoas nesse tipo de trajetória caótica? Eu não entendo..."

"É o seu desafio. Você precisa convencê-lo. Nesses momentos de crise, o mais difícil é não fazer nada, simplesmente ficar ali, esperar que o outro alcance o entendimento de suas questões e aguardar, sem ferir."

Carolina olhava no espelho e arrumava a maquiagem, após parar de chorar.

"E se a dor aumentar, estar por perto, ampará-lo, já que não foi possível protegê-lo do sofrimento. Farei isso, estou disposta a tudo que possa ajudá-lo." Ela atendeu.

"Olá, querido."

Raquel parou o carro próximo à cafeteria e Carolina desceu.

* * *

Quando ela chegou, encontrou-o com o cardápio nas mãos; em quase trinta minutos não conseguira decidir o que pedir. Chamou o garçom, pediu uma água e segurou a mão do marido em silêncio.

Ele mantinha seus olhos grudados no cardápio. "Fui despedido."

"Você não precisa desse emprego, e nós precisamos de você. Você está abatido. Vamos viajar, passar uns dias mais perto da natureza. Você esfria a cabeça e depois pensamos no que fazer." Ela fitava seu rosto pálido. "Sem a agência, não há mais nada que você possa fazer agora."

Ele ergueu a vista e encontrou os olhos dela. "Posso ir à imprensa."

"Não nesse estado! Você precisa se recompor. O que são alguns dias? Se quando nós voltarmos você ainda quiser fazer isso, serei a primeira a apoiá-lo."

"Mas viajar, assim? Para onde?"

"Não se preocupe, eu cuido de tudo."

Pediram um lanche leve e comeram em silêncio.

Carolina organizava sua mente. Estava convicta de que era fundamental tirar Ricardo de São Paulo, afastá-lo dos noticiários e telefones. "Caminhadas ao ar livre, sol e uma boa alimentação restaurarão sua capacidade de olhar a realidade sob outra perspectiva." Ela suspirou. "Ironicamente, a desgraça lhe devolvia o tempo livre há muito sequestrado pelo sucesso.

Quem sabe a chegada do filho possa trazer novas prioridades? Motivá-lo a seguir em outra direção? Mas não será fácil."

Enquanto guiava o marido para fora daquele café, Carolina sabia que jamais se esqueceria daquele momento. Teve a nítida impressão de que o casamento que vivera até então terminava ali. Certo ou errado, Ricardo havia sofrido um golpe. Até então otimista e inocente, um lado desconhecido de sua personalidade assumiria o comando de suas atitudes dali para frente.

8

DESEMBARCARAM NO BRÁS e lá ficaram: era o ano de 1945. Enquanto o mundo festejava o fim da Segunda Guerra, a de Joaquim e Ana estava apenas começando.

O Brás fervilhava com o movimento das pessoas que chegavam ou faziam negócios nas ruas barulhentas, apinhadas de cantinas e lojas que vendiam de tudo. Ali moravam e trabalhavam pessoas de diversas classes sociais, cujas vidas não estavam centradas na produção agrícola, mas em serviços.

Em suas vindas ao porto de Santos com o pai, Joaquim passara pelo Brás rapidamente algumas vezes, mas Ana nunca vira nada igual.

Joaquim pegou o pedaço de papel com o endereço recomendado por amigos de seu pai. Enquanto perguntava a um transeunte como localizá-lo, Ana agarrava José e se virava dum lado pra outro olhando à sua volta, observando aquele mundo cheio de novidades. O ruído, a pressa, as vitrines, os cheiros... O que era aquilo? Apesar de todo o espanto, algo lhe dizia que tinha encontrado seu lugar no mundo.

Em alguns instantes estavam a caminho da hospedaria, Joaquim andando na frente, Ana se alternando entre andar e correr para acompanhá-lo. Não demorou muito para Joaquim apontar o número e dizer: "Chegamos. É aqui."

Ana olhou na direção em que Joaquim apontava e quase caiu para trás: "Madona santíssima! Misericórdia!" Ela petrificou-se na contemplação de uma construção de três andares com muitas janelas apinhadas de pessoas estranhas fumando, batendo roupas, cantando ou brigando. Como era possível enfiar tantas pessoas num mesmo espaço?

Joaquim tirou-a do estado de choque puxando-a pelo braço: "Anda, mulher."

Eles foram recebidos por um senhorio italiano, com quem Joaquim acertou o aluguel da acomodação mais econômica disponível, um quarto com cerca de sete metros quadrados no terceiro andar. Os banheiros, de uso coletivo, ficavam no final do corredor de todos os andares, totalizando seis. No andar térreo havia uma cozinha coletiva, e a seu lado uma lavanderia com três tanques que se abria para o fundo do prédio, um pátio repleto de varais com roupas estendidas e crianças correndo.

A escadaria que levava ao segundo andar ficava no centro do prédio, com acesso direto à rua e degraus de cimento avermelhados, largos, um corrimão de ferro descascado de cada lado. O terceiro andar era menor que os demais, tinha apenas dez portas contra as dezesseis do andar de baixo. A nova casa dos Vąccaro, na capital de São Paulo, era a porta de número trinta e cinco, no que havia sido um sótão a que se chegava por uma escada de incêndio.

No quarto, havia uma mesa com duas cadeiras de madeira, um armário sem portas com cinco prateleiras e uma cama de casal com colchão, onde, exausta, Ana depositou José. Sobre a mesa estavam uma jarra de ágata descascada, um copo, três pratos e uma bacia. Isso era tudo.

"O que mais você tem aí?" Ana perguntou a Joaquim.

"Uma fatia de cavaca e o endereço da fábrica."

"Vamos comer."

Sentaram-se à mesa e dividiram o que lhes restava de seu passado.

No dia seguinte, Joaquim e Ana, com José nos braços, atravessaram as mesmas ruas do Brás até um prédio onde funcionava uma fábrica de roupas. Joaquim entregou a um homem de uniforme a carta de recomendação escrita por um fazendeiro com quem seus pais trabalhavam desde que ele era criança. Penalizado com a tragédia da família, escrevera a seu cunhado Rogério pedindo que empregasse o casal. O homem pediu que aguardassem.

Tudo acertado, iniciaram sua rotina de operários. Numa deferência especial, foi permitido a Ana manter José num cesto ao lado da máquina de costura, desde que a criança não atrapalhasse a produção.

Ana amava José com toda a sua capacidade de amar, represada pela vida prática e imperiosa que lhe coubera. A inesperada maternidade trouxera alegria e esperança a uma rotina de trabalho e tristezas. Enquanto trabalhava, mantinha José distraído com as bolas que fazia de retalhos de pano.

* * *

No início do século passado, os cortiços da região central de São Paulo abrigavam em torno de 400 mil pessoas, em sua maioria imigrantes atraídos pela oferta de empregos nas indústrias. As pessoas preferiam se apertar nessas residências coletivas, em péssimas condições de conservação e higiene, a morar em regiões periféricas pelo mesmo valor, para não terem de arcar com as despesas de transporte e horas de deslocamento.

O cortiço do Brás não era diferente. Quando chovia, o pátio alagava e a água chegava à altura dos joelhos. O lixo era depositado na calçada ao bel-prazer dos moradores, tornando o odor insuportável. Num lugar onde a única regra de permanência era o pagamento, a promiscuidade vagava livre pelos corredores, a qualquer hora do dia ou da noite, e o preço dos aluguéis aumentava em função da procura. Além de operários, havia famílias muito jovens, artistas, jovens vindos do interior para estudar.

Nas idas e vindas da fábrica, Ana observava as ruas. Além dos cortiços escondidos nas vielas, havia todo tipo de estabelecimento, cantinas, barbearias, consultórios médicos, pequenos e grandes comércios — como as "Lojas Pirani — A Gigante do Brás" — instalados em prédios de dois andares, com moradias sobre as lojas. Ali ficavam teatros e cinemas como o Universo, o Piratininga e o Oberdan, boas confeitarias, e a melhor comida italiana da cidade, procurada pelas famílias dos Jardins, de Higienópolis e do Pacaembu.

Todos passavam pelo Brás, fosse para trabalhar, fosse para se divertir. E o Brás era essencialmente italiano. Desde o decreto Pinetti, de 1902 — em que a Itália proibia a imigração subsidiada para o Brasil, devido à situação de semiescravidão a que seus cidadãos eram submetidos nas fazendas — muitos imigrantes haviam retornado à Europa, enquanto outros optaram por migrar para as cidades, onde fizeram suas fortunas, primeiramente trabalhando como operários de fábricas por salários muito baixos. Mas aos poucos foram surgindo oportunidades de trabalho como artesãos autônomos, sapateiros, garçons, motoristas de ônibus, até abrirem pequenos estabelecimentos e se tornarem empresários.

Mas Ana entendeu que o progresso cobra seu pedágio, como se houvesse uma linha delimitando a parte do mundo onde estão as oportunidades, a ascensão financeira, o reconhecimento profissional, os amigos e a família; e um espaço do outro lado para pessoas que não ganham o suficiente para morarem bem, cuidarem da saúde satisfatoriamente, criarem relacionamentos compensadores.

Ana estava determinada a descobrir o segredo que faz algumas pessoas passarem cada vez mais tempo no lado bom e voltarem cada vez menos ao espaço das privações. Até que um dia algo acontece e eles se estabelecem de vez. A maioria nunca consegue entender o mecanismo da transição, passando a vida nessa oscilação entre o que querem, o que não possuem e o que realmente são. Foi este o mundo que o cortiço apresentou a Ana.

Para ela, o Brás era a porta de inclusão no "país de enriquecimento rápido" que persuadira Manolo a atravessar o oceano. Sentia que sua família poderia ultrapassar a linha dos excluídos caso se dedicasse a atender as necessidades daquele contingente de pessoas responsáveis pela economia. Era possível respirar oportunidades naquele lugar em que tudo parecia prosperar.

O Brás representava a capacidade da sociedade de absorver toda espécie de trabalho oferecido por brasileiros para suprir suas necessidades em transformação. Conhecendo a história de seus avós, e tendo testemunhado a luta dos pais, Ana sabia que, se quisesse ultrapassar a linha que separa a sobrevivência da prosperidade, teria que viver e respirar seu projeto de vida a cada minuto, arrastando Joaquim para essa empreitada.

Ana tinha um diferencial, presente de sua avó Carola nos tempos da colônia: conhecia as letras e os números. O casal estava em São Paulo há um ano, economizando cada vintém de seus parcos salários. Enquanto andava pelas ruas, Ana lia placas, anúncios, pedaços de jornais. Foi assim que tomou conhecimento de um loteamento que poderia ser adquirido a prestações na periferia da cidade, com lotes precários e infraestrutura mínima, do tipo que proliferava pela cidade nos anos posteriores à guerra.

Os subúrbios da grande São Paulo estavam em formação nas décadas de 1940 e 1950. Por não atenderem aos requisitos mínimos de infraestrutura previstos na lei dos arruamentos, grande parte dos lotes comercializados não permitia escrituração. As construções se propagavam de forma irregular, e era preciso cuidado para não acreditar numa nova falácia que os fizesse desperdiçar o pouco que tinham juntado. "Será sempre tão difícil vencer a pobreza?", Ana pensou.

Enquanto as classes de renda mais alta ocupavam os bairros mais centrais, alguns empreendedores viram nesse movimento da população de baixa renda uma oportunidade de rápido retorno financeiro: "Ao mesmo tempo em que resolviam a questão da ocupação dos lotes, fomentavam um novo segmento da economia, a construção civil, cuja mão de obra braçal não exigia grande preparo dos trabalhadores", Ana leu num jornal.

Imediatamente, Ana identificou a oportunidade. Se ela conseguisse imbuir toda a família desse objetivo, poderiam mudar de vida. Caso essa conquista lhe custasse um esforço adicional, estava disposta a empenhar toda a sua energia para mudar seu padrão social. Foi então que Joaquim avisou aos irmãos que era tempo de virem a São Paulo.

A estrutura familiar, tão presente na cultura italiana, foi fator importante para que tantas famílias italianas progredissem no Brasil. Unidos na luta por seu bem-estar, conseguiam dar passos impossíveis para os que contavam apenas consigo próprios para se sustentar. A rotina nas fábricas era um bom exemplo dessa situação, pois, apesar de o processo de industrialização ser fundamental para a urbanização, não se podia exigir que sustentasse a todos. A concorrência entre os pobres por emprego demonstra o antagonismo que a causa da sobrevivência impõe ao indivíduo. A base de uma família, em que os membros compartilham objetivos, afrouxa a pressão e os predispõe à prosperidade.

Com mais sete pessoas contribuindo para as despesas, os Vaccaro optaram por alugar uma casa de três quartos nos arredores da cidade. Joaquim deixou a fábrica e todos os homens se empregaram na construção civil, enquanto Ana voltava aos cuidados com a casa e a família.

Doente e cansada, a mãe de Joaquim morou com os filhos até falecer. A dor havia aniquilado as forças daquela mulher, que dava a impressão de viver amedrontada, permanecendo inerte e sem reação. Dependia de outros para as coisas mais simples, como tomar um copo de água, se vestir, se movimentar. Às vezes, quando estava sendo vestida ou ao final de uma refeição, parecia deixar por momentos seu estado de isolamento, deixando transparecer no olhar lampejos de gratidão, dando a impressão de que algo de bom persistia naquele estado de dependência total, uma espécie de consciência esquecida que ainda sobrevivia.

Pela qualidade de seus serviços, Ana firmou contrato para a produção de lotes semanais. Assim, a máquina de costura que utilizava na fábrica foi transferida para sua casa, e a cada semana recebia cortes para serem costurados. Sua rotina de trabalho ininterrupta não era exceção. Também na construção civil não havia contrato de trabalho com dias de descanso. Muitos operários determinavam suas próprias folgas; relaxavam na bebida, à custa de faltas descontadas do salário. A família trabalhava de sol a sol. A casa onde moravam tinha um pequeno quintal, onde voltaram a criar galinhas e cultivar uma horta. Tinham retomado os austeros hábitos alimentares que Ana conhecera na infância. Nas horas de folga, os homens empregavam seu conhecimento do ofício na construção das próprias casas.

Em meio às dificuldades, Ana fazia o seu destino. Seu projeto de vida era José. Dedicou-se à construção do mundo dele, que era poupado como ela mesma jamais fora. Com aquela sabedoria que brota da esperança, sentia que o menino precisava integrar-se ao mundo, ter infância, conhecer as pessoas, dominar as ruas. Encorajava seu espírito aventureiro, sentindo uma alegria profunda ao vê-lo abrir o portão e sair para brincar, aprender as malandragens dos amigos, ser uma criança alegre, sem tantas responsabilidades como as que ela tinha tido.

Após três anos intensos, quando Marina nasceu, a família Vaccaro possuía oito lotes e trabalhava na construção da segunda casa. Mais uma vez a natureza calou fundo na alma daquela mãe: sua filha cresceu forte e capaz. Ana reconhecia em Marina a menina que havia sido e a mulher que jamais conseguira ser. Ana era rude, e Marina a lembrava de sua trajetória difícil. Assim, qualquer trabalho que pedisse a Marina era muito menor do que havia realizado na vida.

Ana sempre amou Marina; um amor dolorido, cheio de memórias e uma desconfiança intrínseca quanto ao futuro de mais uma mulher no mundo. Queria torná-la uma moça da cidade; proibia as brincadeiras ao sol, para manter sua pele clara, fechava o portão para que não se envolvesse com companhias inapropriadas. Com esse conflito no peito, educou-a para ganhar dinheiro e poupá-lo, para livrá-la da precariedade que ela enfrentara.

Quanto a Joaquim, nem mesmo a paternidade ou a vida na cidade o transformaram. Sua natureza apenas se acentuou: não tinha maldade nem apego, era todo sossego. Passivo, não cultivava expectativas. Como um arbusto que jamais desenvolve um tronco mais forte, não gera galhos, rasteja pelo mundo sem envergadura, passou pela existência sem amor, mal olhando para Ana, Marina e José. Seu grande mérito foi ser trabalhador, pavimentando com seu suor a trilha para as próximas gerações.

Existe a ideia de que é preciso superar o outro constantemente, o que implica superar-se a si próprio. Esse seria o movimento da evolução, que permite aos homens tomar as rédeas de seu próprio destino, passando a entender a conquista da independência como pré-requisito de sobrevivência. Mas Joaquim não acreditava nisso. Sem a elegância de um estudioso, aprendeu na prática que, adquirida uma habilidade, uma especialização, é possível suprir as necessidades sem se mexer demasiado.

Quando é essa a estratégia escolhida, não se pode viver, apenas sobreviver — uma postura que não abre novas portas ou possibilidades. Quando há economia na semeadura, os resultados precisam ser esticados para cobrir o que há de vir, pois não há abundância.

Ana, ao contrário, era vigorosa, uma italiana falante que parecia carregar o brilho do sol. Trazia em sua bagagem étnica uma energia que contagiava quem a ouvia. Gostava das palavras e do contato com vidas que a faziam sentir-se mais viva. Ajudava com prazer, ensinava o remédio, explicava a quem precisasse como outra pessoa havia resolvido um problema semelhante. As pessoas eram importantes, assim como ela ansiava por se sentir importante para os outros. Apegou-se aos vizinhos, às amigas da igreja, e a José, que haveria de ser o homem que Joaquim jamais fora.

Para cada lote que adquiriam era uma guerra convencer Joaquim de que o sonho era viável e sua voz, uma ferramenta. Ana se aproximava das pessoas e falava, abria espaço, defendia os seus. Contava a dor, reclamava da injustiça, defendia sua família: estava encontrando o caminho da palavra. Talvez, com mais tempo, se tivesse tornado ainda mais eloquente, aprendido mais palavras, desenvolvido mais argumentos. Mas com sua maneira rude de encarar os desafios, a filha de Giovanni realizou o sonho de Manolo e tomou posse de seu quinhão de terra.

Retratos de prosperidade

A mudança não vem necessariamente da abundância: foram necessárias três gerações de muito trabalho e sabedoria para que deixassem para trás a pobreza e seus desdobramentos.

9

O VOO 3506, DA TAM, proveniente de Guarulhos, chegava ao fim depois de quase treze horas. Durante a aterrissagem no pequeno aeroporto, podia-se ver por todos os lados o panorama paradisíaco, com a coloração das águas e das praias, e a predominância do verde da vegetação.

Vestindo um camisão florido e uma *legging* branca, Carolina desembarcou na ilha sem ostentar o estágio avançado de sua gravidez. Mesmo assim, foi abordada e questionada sobre seu bilhete de retorno.

Ricardo tomou a frente. "Algum problema?"

"Não, senhor. Suas passagens de volta estão em concordância com a política da ilha. Sessenta por cento do território faz parte de um parque nacional de preservação da vida marinha. Nossa Baía dos Golfinhos é a maior área de observação de golfinhos do planeta, que podem ser avistados todos os dias do ano", disse o agente do aeroporto.

"Você sabia disso, Carolina?"

"Não. Mas tenho certeza de que teremos muitas surpresas por aqui. Será uma viagem inesquecível."

Pegaram um *buggy* e se dirigiram à pousada Solar de Loronha, a pouco mais de um quilômetro do aeroporto. A vegetação rasteira ao redor da estrada postergava o contato com as árvores, que podiam ser vistas a alguns metros. Um céu muito azul e nuvens brancas complementavam a paisagem.

"Bem-vindos a Fernando de Noronha! Este paraíso está sendo preparado para vocês desde o afastamento entre a África e a América do Sul, há doze milhões de anos. Permitam apresentar-me, meu nome é Zeca", o motorista disse com entusiasmo.

Surpreso, o casal sorriu. Ricardo perguntou:

"Que história é essa, Zeca? Conte-nos tudo."

"Bem, devido à erupção de um vulcão numa fresta da crosta terrestre, iniciou-se uma formação rochosa submarina com sessenta quilômetros de extensão e cerca de quatro mil metros de profundidade. Eventos vulcânicos no Oceano Atlântico esculpiram este arquipélago", Zeca disse.

"Eu não sabia dos detalhes. O arquipélago de mais de vinte pequenas ilhas foi palco de pirataria e colônia de vários países", Carolina comentou.

"Houve muitas batalhas, senhora. Conquistadores alemães, franceses, ingleses e holandeses construíam fortalezas e as abandonavam sucessivamente quando o território mudava de mãos. Até a Companhia Francesa das Índias Ocidentais permaneceu por aqui mais de trinta anos, até a retomada definitiva pela coroa portuguesa."

"A ilha foi utilizada como presídio de Pernambuco até o século vinte, quando passou a ser um presídio político, não é, Zeca?"

"Prisioneiros da Insurreição Praieira foram trazidos para cá no final do século anterior, e, mais tarde, durante a Intentona Comunista, mais de seiscentos presos políticos aportaram por aqui."

"Eu sei. A transferência dos presidiários para a Ilha Grande, no litoral do Rio de Janeiro, ocorreu no período da Batalha do

Atlântico, na Segunda Guerra Mundial. Devido à sua localização estratégica, Fernando de Noronha foi declarado território federal. Em parceria com os Estados Unidos e seu programa de desenvolvimento de aeroportos, construíram uma pista de pouso e um terminal de passageiros que existe até hoje, para dar suporte logístico às embarcações de apoio aéreo da marinha americana e patrulhas antissubmarinos. Sabia disso, Carolina?"

"Não. Honestamente, aqueles anos turbulentos nunca estiveram entre meus assuntos favoritos."

"Fernando de Noronha foi um importante ponto de apoio técnico à operação de cabos submarinos que faziam a conexão entre a América do Sul, a partir de Recife, e o continente africano, via Dacar. Na época, sob o comando das companhias Western Telegraph Company e Italcable", Ricardo continuou.

"Estudou nossa história antes da viagem, senhor?"

"Não, Zeca. Sou apenas um curioso. Aprendi algumas coisas quando li sobre a entrada da Itália na guerra em posição oposta à do Brasil, resultando numa intervenção federal na Italcable. O fato consumou o domínio da Western Telegraph Company nas comunicações via Mar de Fora. Isso é tudo que sei, Zeca."

Rindo, Carolina aplaudia. "Parabéns, querido."

"Sempre tivemos uma boa discussão aqui, senhor. Situado a 360 quilômetros de Natal, 710 de Fortaleza e 545 de Recife, apenas em 1988 Fernando de Noronha foi integrado a Pernambuco. A questão suscita controvérsias estarmos mais próximos do Rio Grande do Norte."

"Posso entender. Afinal, quem não gostaria de contar com esse lugar maravilhoso em seu estado?", Ricardo respondeu.

"A partir de 1986, o turismo revitalizou o arquipélago. Sob o comando do Estado-Maior das Forças Armadas, ampliaram o aeroporto, construíram estradas, proveram saneamento básico e distribuição de energia elétrica. Em junho do mesmo ano, no

Dia Mundial do Meio Ambiente, foi declarado área de proteção ambiental. Assim a atividade turística nascia para a preservação da vida, da beleza e da liberdade. E a paisagem é maravilhosa", Zeca continuou.

Entre as curvas, o Morro do Pico, ponto mais alto da ilha, observa os visitantes que adentram o território até os deixar frente a frente à sua aparência de sinal positivo canhoto, já deixando a paisagem para dar lugar a outros morros. A Vila dos Remédios recebe os turistas com parcimônia: são casas e postes dispersos que chegam devagar, entre bananeiras e outras árvores; ruelas não pavimentadas parecem avisar que existem ali muitas histórias além da oficial.

"Veja só, Carol. Que lugar é esse?", Ricardo perguntou, entusiasmado.

"Esse é o seu hotel, senhor. Chegamos", Zeca respondeu enquanto estacionava.

Ricardo pegou a bagagem, pagou o motorista e estendeu a mão. "Obrigado, Zeca."

"Foi um prazer, senhor."

Na pousada Solar de Loronha, o casal encontrou instalações confortáveis, integradas à beleza natural do local. Ricardo notou pelos olhos vermelhos de Carolina que suas forças se haviam exaurido pelos últimos acontecimentos. Após se instalarem, Ricardo a deixou repousando e solicitou a Geraldo, um rapaz que prestava serviços na pousada, que lhe mostrasse os arredores.

Caminhando pelas ruas, sentia-se num cenário congelado no tempo. Entre construções muito simples, seus olhos se alternavam entre o chão de terra batida e o colorido das casas. A igreja de Nossa Senhora dos Remédios reinava soberana na paisagem, entrecortada por elementos que denunciavam séculos de história. Pararam para observá-la.

"Foi construída no século XVII e restaurada em 1988", contou Geraldo. "A igreja é um monumento ao trabalho de religiosos jesuítas, carmelitas, franciscanos e paulinos que se sucederam na doutrinação da fé cristã junto aos ilhéus e à população carcerária." Voltaram a caminhar.

Engenhosamente projetada para permitir o acesso apenas por um pequeno trecho, a fortaleza em ruínas de Nossa Senhora dos Remédios testemunhou a sucessão de ocupantes internacionais. "Sem poder expressar em palavras as suas memórias, oferece a seus visitantes uma incrível vista da ilha e dos arredores", Ricardo pensou.

Ricardo arregalou os olhos perante o palácio São Miguel, sede administrativa do governo no arquipélago. O casarão colonial construído no final da primeira metade do século XX sobre as ruínas da antiga sede da diretoria do presídio, pintado de vermelho e branco, é precedido por quatro canhões. Ricardo, fascinado, estranhou a presença daqueles quatro canhões naquele paraíso.

Geraldo percebeu sua reação e explicou: "Os canhões antigos foram mantidos. O monumento homenageia os aviadores portugueses Gago Coutinho e Sacadura Cabral, que visitaram a ilha na década de 1920."

Tudo parecia pedir licença à exuberância das águas azuis, visíveis por cada fresta de civilização. Quase com um pedido de desculpas pela intromissão, o Memorial Noronhense dispunha em fotos as praias, os montes, a vida urbana que insistia em se estabelecer.

Próximo a uma área de comércio de tendas, uma família chamou sua atenção. Enquanto a mulher se ocupava de artesanato, o marido, próximo a uma placa que oferecia passeios de barco, conversava com um grupo de turistas. "Seus filhos estudam na escola pública, e não possuem uma TV de plasma para assistir aos jogos. Mas com sua casa rústica, bebidas baratas, cachorrinhos vira-latas para brincar, um computador de segunda geração e roupas de liquidação, nada do que a sociedade nos faz desejar falta àquele homem. Tudo por um preço compatível com sua jornada organizada, incluindo tempo para descansar e conversar." Ricardo sacudiu a cabeça e sorriu. "Que maluquice é essa? Você não sabe nada sobre eles, Ricardo."

A forma como percebeu a vida daquela família germinou na mente de Ricardo uma noção do que poderia vir a ser uma nova vida.

Mas o quadro não estava completo. O hospital São Lucas, por exemplo, o único da ilha, uma caixa toda pintada de verde, não exibia qualquer movimento. Como é possível um hospital sem pessoas entrando e saindo, esperando em busca de saúde? Da escola Arquipélago, avistava-se apenas uma quadra coberta. Havia algum comércio e muito poucas moradias. Como vivia a população daquele lugar? Ricardo puxou conversa.

"E vocês, onde vivem?"

"Como assim?"

"Quem nasce aqui mora nessas casas ou existe outra vila? Como é a vida para vocês?"

Num misto de assombro e desconfiança, Geraldo olhou Ricardo por um instante, como se tentasse decifrar o que aquele turista desejava. Então respondeu:

"Poucos nascem aqui. E essas casas que o senhor vê são usadas para receber os turistas. Nós moramos por aí, na Vila dos Trinta, nos morros."

"Por aí, onde? Pode me mostrar?"

"O senhor é jornalista?"

"Não, não. Eu sou... bom, eu era economista, mas agora não sei. E então, vamos lá?"

O silêncio de quem se acerca do próprio segredo instalou-se entre os dois enquanto juntos seguiam por uma rua secundária, rumo ao Carandiru. Enquanto Geraldo estava prestes a desvendar Noronha aos olhos de Ricardo, este estava cada vez mais disposto a se desvincular de tudo o que havia sido até então.

Seguiram num *buggy*. Tudo é muito próximo em Fernando de Noronha; aos poucos, as ruas da Vila dos Remédios foram ficando para trás, e chegaram a um lugar menos preparado para a vocação turística. O local aparentava estar em construção, inacabado; da rua principal partiam várias entradas de terra secundárias. Seguiram por uma delas até o final e estacionaram em frente a um prédio pequeno, em péssimas condições, que poderia lembrar um cortiço paulista.

"Este é o Carandiru. Tem muita gente boa instalada aí."

"Muita, mesmo! Por que Carandiru?"

"Não sei, não. O pessoal conta uma história sobre o presídio Carandiru de São Paulo ter sido uma instituição exemplar em 1920. Um presídio de respeito, visitado por doutores da lei e pessoas de todo o mundo. Logo depois transferiram os presos políticos para cá. Vai saber, o povo tem imaginação, mas a história é essa."

"Quantas pessoas moram aí?"

"Entre adultos e crianças, quase vinte. O prédio foi invadido, é do tempo do presídio. O povo gosta mais de morar aqui do que nos iglus."

"Iglus? Numa ilha de clima tão quente?"

"Vou mostrar", disse, já ligando o *buggy* para retornar à estrada. "Do projeto Tamar o doutor já ouviu falar?"

"E quem não ouviu? O projeto é famoso no mundo todo, nossas praias, o trabalho de cooperação entre os biólogos e os moradores da região. Algum problema lá também?"

"Não, senhor. O projeto é tudo isso mesmo, as tartarugas são tratadas como rainhas nesse lugar. Aliás, bicho aqui vale mais que gente! Até mocó é protegido."

"Mocó?"

"É um tipo de lagarto que trouxeram pra cá para combater os ratos. Não deu muito certo, porque mocó dorme à noite e rato dorme de dia. Os dois não se encontram e o povo é que padece."

Geraldo apontou com o dedo. "Veja, aquele ali é o hotel Esmeralda, o único por aqui. Era o alojamento dos americanos durante a guerra. Hoje é usado para as palestras diárias do Ibama."

Geraldo seguiu em frente e estacionou próximo ao Forte São Pedro do Boldró, erguido no século XVIII pelos ingleses, de onde se pode ver a longa extensão de areia na maré baixa e praticar surfe na maré alta.

"É aqui que ocorre a desova das tartarugas, Geraldo?"

"Elas preferem a Praia do Leão, logo ali, mas nos últimos anos algumas fêmeas estão escolhendo outras, às vezes a Praia da Conceição, Sueste, Sancho, até na Caieira foram achados ninhos. De dezembro a maio, aparecem por aqui para a desova. Vou te levar ao centro de visitantes e o museu a céu aberto do Projeto Tamar na Praia do Boldró."

"E o nome dessa praia, Boldró?"

"Coisa de americano, doutor. Deram esse nome à ilha devido a uma grande pedra que ficava na praia, em inglês *'bold rock'*, que o povo simplificou para 'bold ró' e logo virou Boldró. Praia do Boldró."

Ricardo não pôde deixar de sorrir. Quando chegaram ao centro de visitantes, admirou-se com a quantidade de gente. Geraldo comentou que o número de visitantes anuais ultrapassa 45 mil.

Estacionaram o *buggy* e caminharam entre os painéis até chegarem à mata discreta, guiados por Geraldo. Ali Ricardo viu o que os ilhéus chamavam de iglus: galpões de placas curvas de zinco dispostas lado a lado, apertados entre as árvores e uma calçada de cimento. As placas haviam chegado à ilha nos seis navios americanos que ali aportaram no período da guerra, trazendo cerca de cento e cinquenta norte-americanos. A guerra acabou, os americanos deixaram a ilha, mas os galpões ficaram, sendo tomados por habitantes locais e constituindo um tipo inusitado de favela cujas paredes dão choque quando chove. Ricardo ficou pasmo.

"Os bombeiros já vieram, explicaram o perigo, mas as pessoas vão ficando, até o dia em que um trator passe por aqui e derrube tudo. Aqui tem um pouco de tudo, doutor. Alguns constroem um quartinho no fundo de suas casas e transformam o resto numa pousada. Quando não têm terreno, resta o Carandiru, os iglus e o mato."

"Como assim?"

"Quase tudo aqui é para preservação e turismo. Assim, quem quiser se instalar precisa ser discreto, pois até para a compra de telhas é necessário autorização do governo. Eles determinaram que as ilhas pertencessem aos animais; o parque nacional marinho toma grande parte do território e ninguém mais nasce por aqui."

"Por que não?"

"É que quem nasce em Fernando de Noronha adquire o direito de morar aqui. Como eles não querem que a população cresça, as grávidas de sete meses são levadas ao continente para terem seus filhos em Recife ou Natal. Assim, a criança não nasce noronhense."

"E as pessoas aceitam facilmente essa política?"

"Não há muito que aceitar. O Hospital São Lucas é o único da ilha e não faz cirurgias. A esposa de um amigo escondeu a barriga com uma cinta o quanto pôde, até entrar em trabalho de parto. Meu amigo a levou ao hospital. Lá eles disseram que a criança estava sentada e a cesárea só poderia ser feita no continente. Chamaram transporte e os levaram para Recife. Isso foi há dois dias. Ontem mesmo ele me ligou, disse que o parto foi normal e todos passam bem. Felizmente, têm parentes na cidade, devendo ficar por lá até o Natal."

"Onde mora seu amigo?"

"Ele se esconde próximo ao Morro do Pico. Estamos perto, posso te mostrar."

Quando avistaram a construção, Ricardo teve a sensação de ter chegado ao início do mundo. A casa de madeira se confundia com a vegetação; era de tal maneira integrada ao ambiente que as árvores ao redor pareciam guardiãs para protegê-la do sol, do vento, das chuvas, projetando galhos fortes e altos sobre boa parte de sua extensão. O telhado era em V. Tinha uma porta e duas janelas, uma em cada lateral. Com o dia ensolarado, e a casa integrada ao mato, a construção rústica parecia ter a cor das árvores.

"Você pode me alugar essa casa até a volta de seu amigo?"

"O senhor está falando sério? Mas sua esposa..."

"Não se preocupe. É só por uns dias."

Tudo arranjado, retornaram ao hotel.

* * *

Após algumas horas de repouso, Carolina sobressaltou-se com a entrada de Ricardo no quarto. Pegando as malas e checando os armários, o marido anunciou que estavam se mudando, apressando a mulher. Sem muito tempo para pensar e não querendo contrariá-lo, ela se levantou, segurando a barriga, e procurou segui-lo como pôde.

Não saberia dizer por quanto tempo andaram até chegar a uma pequena clareira, onde havia uma choupana cercada de árvores. De lá não era possível ver nada, nem as praias, nem a pousada, nem as estradas. Seu coração estava apertado. Ricardo conseguira finalmente levá-la ao fim do mundo.

Talvez pela caminhada, ou pelo choque de realidade, as dores que esporadicamente sentia na barriga se intensificaram, e ela entrou na casa procurando um local onde pudesse se deitar.

"Ricardo?", ela chamou sem se virar.

Nenhuma resposta. Onde teria ido?

Ela olhou ao redor e um sentimento de desconforto apoderou-se dela. Por que ele a trouxera àquele lugar? Eram suas novas acomodações?

A casa estava vazia, com feixes de palha aqui e ali. Desmaiou sobre um deles, permanecendo ali até a noite, que trouxe mais uma surpresa: as únicas luminárias disponíveis eram as estrelas do céu dessa terra abençoada, Brasil.

Quando amanheceu, Ricardo já tinha saído. Por que a deixara sozinha? Seu estômago estava vazio. Ela precisava se levantar, voltar ao hotel, mas não tinha forças para se colocar em pé.

Em alguns instantes, Ricardo apareceu, carregando algumas frutas e uma grande caneca de água. Sorridente, vestia uma roupa que ela não conhecia, e a barba estava por fazer.

"Já acordou? Beba esta água e coma alguma coisa. Aqui tudo é muito puro, só pode te fazer bem."

A água estava ótima. Esforçando-se para manter a calma, Carolina perguntou:

"Onde você estava?"

"Providenciando o que precisamos para sobreviver aqui. Lá fora há algumas ferramentas agrícolas, uma lamparina, querosene, umas mantas..."

"Você enlouqueceu?", disse. "Estamos prestes a receber um bebê e você providencia ferramentas agrícolas para permanecermos aqui? Acorde, Ricardo! Isso está virando loucura! Não somos Manolo e Carola, não estamos no século XIX, e estou grávida de oito meses! Não me faça crer que eles estavam certos!"

"Eles?"

Gaguejando e desviando o olhar, uma Carolina apavorada procurava uma resposta que a liberasse das consequências daquele descuido.

"Carolina! Eles, quem?", Ricardo disse, segurando seu braço."

"Cirilo. Eles pagaram as passagens e a estadia para você se recuperar desse desequilíbrio..."

Súbito, Ricardo se pôs de pé, dando dois passos para trás. Incrédulo diante das palavras da mulher, sentia que sua cabeça era uma grande bolha prestes a estourar. Todo o seu mundo encantado de prosperidade e confiança se esvaía como uma miragem e o colocava diante de uma realidade insegura.

O teto daquela casa cedia sobre sua cabeça e seu coração palpitava descompassado. Levantou as mãos à cabeça e saiu correndo.

Quando se percebe que a própria situação é uma pedra muito pesada para carregar e que o fardo é inevitável, restam duas estratégias de resistência. Pode-se fazer todo o possível para se livrar dela, negando-a com veemência, ou simplesmente aceitá--la, adaptando o corpo para acomodá-la sem comentários nem sentimentos.

Inconscientemente, Ricardo fizera sua opção.

* * *

Os dias seguintes não foram mais fáceis. Fisicamente limitada pela barriga e pela ausência de móveis, Carolina se movia com muita dificuldade. Dormia e chorava quase todo o tempo. Às vezes, quando acordava, havia a seu lado água ou leite, às vezes peixe e algumas frutas.

Raramente via Ricardo, que passava o tempo todo fora da choupana. A hora do parto se aproximava, mas ela não encontrava forças para procurar a pousada. Na situação em que chegara até ali, não tinha a menor noção de quanto teria de caminhar até encontrar quem pudesse ajudá-la.

Quando falava sobre o bebê com Ricardo, ele olhava para sua barriga por alguns instantes, como se tentasse decidir se suas palavras mereciam crédito, então se voltava para a porta e a deixava lá, sozinha, sem resposta. Carolina estava transtornada. Que tipo de fascinação Fernando de Noronha exerce sobre Ricardo?

Ela chegava até a porta e olhava para o céu, perguntando a si mesma se, por se abster dos recursos da modernidade e levar uma vida junto à natureza, Ricardo estava mais feliz. "Se a pobreza se torna algo normal, será que a pessoa normal se torna menos pobre? Seria esse o processo de enriquecimento?"

Os conflitos dos últimos meses a levaram a questionar a normalidade. Ali, naquela casa, não havia como não pensar em milhares de pessoas para as quais aquilo era simplesmente normal. Se viver em carência, sem suprir as necessidades básicas de um ser humano, se torna normal, então as pessoas normais se tornam menos carentes? Seria esse o processo de enriquecimento social?

Obviamente, ela tinha consciência da luta diária dessas pessoas, mas isso não bastava. Se viver sem sossego, sem paz, sem descanso, se torna normal, então as pessoas normais se tornam menos desesperadas?

Seria esse o processo de fortalecimento emocional que procurava imiscuir em Ricardo? Ele não era mais o homem amoroso com quem se casara e não parecia capaz de voltar a sê-lo.

Viver sem amor, sem tempo e espaço para essa categoria de preocupação, não fazia de Ricardo uma exceção em sua geração. Nesse caso, por ser uma pessoa normal, a indiferença de Ricardo era menos preocupante? Se viver dessa forma, sem se preocupar com nada nem ninguém, sem apego ou zelo, se tornara normal para ele, então ela deveria entendê-lo como menos animalesco e mais humano, por ser normal? Aparentemente, Ricardo queria provar a si mesmo que poderia viver sem dinheiro, sem autoridade, numa autonomia que o tornava menos submisso.

Carolina se desesperava nesses devaneios. Em vão massageava a testa, tentando eliminá-los. Se viver sem acesso ao conhecimento se tornar normal para ele, com ela não ocorrera o mesmo. Não acreditava que uma pessoa desinformada seria menos manipulada pelas autoridades ou pelas ideias dominantes. Não podia ser esse o processo de enriquecimento.

Quando esses pensamentos a agitavam, procurava se acalmar repetindo para si mesma que, enquanto persistisse a imaginação e a sensibilidade artística, seria possível às pessoas encarar as coisas do mundo sem o dualismo do bem e do mal, pois para tudo parece haver uma alternativa. Eles encontrariam uma solução.

* * *

Numa tarde, quando retornava andando rápido sob a chuva que começava a cair, Ricardo ouviu os gritos de Carolina e correu para casa, largando suas ferramentas. Assim que chegou à porta, entendeu que seu filho estava nascendo.

Deu meia-volta e correu até a pousada, a dois ou três quilômetros. Chovia muito. Quando chegou à pousada, se transfigurara num animal, todo sujo, com a fala desarticulada. Não havia tempo para pensar em médico, transporte, nada.

Jurema e Melina, a cozinheira da pousada e sua filha, pegaram um punhado de panos, uma tesoura, e saíram correndo com ele para salvar aquelas vidas.

* * *

Quando Carolina os avistou, já devia ter alguns centímetros de dilatação e estava sem voz de tanto gritar. Ela ansiava por um médico, mas frente à expressão assustada das duas mulheres, suas esperanças acabaram.

Seria o primeiro parto de uma moça da cidade; ela seria auxiliada por duas mulheres sem a menor experiência no assunto. Certamente, aquele nascimento, se tudo corresse bem, poderia ser chamado de milagre.

A dor aumentava. Ela procurava ater a atenção à respiração.

"A dilatação natural prosseguiu; já posso ver a cabecinha do bebê", uma das mulheres disse.

A dor. Oh, Deus, a dor!

Em menos de uma hora, ele chegou ao mundo com um choro estridente, ressoando o sentimento que imperava na choupana.

Carolina desfaleceu de cansaço, sem ver mais nada.

* * *

Jurema e Melina limparam o bebê com um dos panos molhados e o embrulharam num vestido de malha azul, comprido, que encontraram na mala de Carolina. Em seguida, dobraram a manta de algodão em que Ricardo costumava dormir e a afofaram sobre o que restava de palha na casa, improvisando um berço para o pequeno.

As mulheres limparam Carolina o melhor que puderam, e, já que ela não acordava, arrastaram-na para perto da janela, onde não havia sangue nem restos de placenta. Pegaram água da chuva com uma caneca de lata para uma lavagem improvisada do ambiente minúsculo, arrastando a água para fora com os panos menos sujos, que torciam na porta.

Assim que tudo pareceu estar minimamente acomodado, Jurema se despediu de Ricardo com um olhar e retornou à pousada com a filha, segurando os panos enxaguados na chuva dobrados junto ao corpo.

* * *

Ricardo ajudou como pôde. O filho recém-nascido o despertara da alienação. Tinha vontade de abraçá-lo, mas o medo de machucá-lo era maior. Tinha ímpetos de pular sobre Carolina e beijá-la muito, até fazê-la entender que era um pedido de desculpas, uma declaração de intenções, um retorno ao amor que haviam vivido. Mas não podia fazer isso.

A premência de ação, meu Deus, o parto da companheira de uma vida, o nascimento de um menino, a precariedade a que havia submetido sua própria família, tudo era muito forte. Como ela poderia perdoá-lo? Como coordenar as ideias? E o bebê?

Ricardo olhou para ele como se visse um recém-nascido pela primeira vez: uma criança minúscula, toda enrugada e avermelhada, cujos lábios pareciam um beijo. Um misto de paz e fascínio apoderou-se dele nessa contemplação, levando-o a se aproximar, lentamente, mas cada vez mais, daquela criatura.

Sentou-se ao seu lado, recostado à parede, e ali permaneceu, pensando em como para seu filho tudo seria diferente, como iria orientá-lo sobre as artimanhas dos homens, do dinheiro e da vida.

O progresso pelo progresso, o enriquecimento pelo enriquecimento são propósitos que podem impressionar os que observam de fora, mas não o ser humano responsável pela luta. Este conhece o esforço, o preço pago para atingir aquele estado de coisas, uma trajetória que só significará felicidade e contentamento caso reflita os anseios de quem a segue. "Meu filho será melhor que o pai."

Subitamente entendeu o que ocorre quando o peso da luta é muito forte. "As pessoas costumam se cansar; passam a projetar na vida dos filhos sua própria vitória, como se assim aumentassem o próprio prazo de realização."

Ele havia escutado as histórias de sua família durante toda a vida. Provavelmente ele pensava: "Se perguntassem a Ana, quando seus filhos eram jovens, o que ela gostaria de ter, provavelmente ela responderia 'dinheiro', acrescentando sem pestanejar para que o desejava: 'obter segurança, conforto, uma vida melhor para seus filhos'."

Ele tinha feito o contrário. Talvez por medo?

As palavras de Carolina ressoavam em sua memória. Na noite que precedera a viagem, eles haviam passado a noite conversando. Ele tinha falado abertamente sobre seus medos, e ela tentara encorajá-lo. Por que ele demorara tanto para entender essas coisas?

"É verdade", Ricardo pensou. "Mas amanhã vou reverter essa situação."

10

ERA O INÍCIO DA DÉCADA DE 1960 quando o primogênito dos Vaccaro retornou ao Brás. Os pais de Joaquim haviam falecido, seus irmãos constituído as próprias famílias e mudado para suas próprias casas. Alugaram os três sobrados adquiridos na periferia, que se valorizavam a olhos vistos, e se mudaram para o Brás, para uma casa de fundos próxima à fábrica para a qual Ana continuava a trabalhar. Era tempo de pensar na educação de José e Marina.

As escolas do Brás recebiam alunos de vários bairros, atraídos pela qualidade de ensino. Os professores eram estimulados a sair de seus gabinetes para praticar uma educação baseada no contato humano, que, defendiam, deveria existir entre o professor e os alunos. Era o início do entendimento de que um professor deveria se comportar como um guia e ver em cada um de seus alunos um descobridor.

Muito em voga nos circuitos internacionais, a matemática moderna chegava ao Brasil num momento em que os alunos precisavam memorizar fórmulas e teoremas. O método ortodoxo fascinava professores, mas era maçante e estéril para os alunos. Muito criticado, afastava os alunos de aspectos essenciais para o desenvolvimento comercial e industrial. O novo método mudaria isso, buscando demonstrar a ligação da matemática com outras ciências.

O fascínio de José foi imediato. A beleza de seu caráter estrutural, seus mecanismos para descrever e manipular contextos e a riqueza histórica impregnaram sua forma de entender o mundo, moldando suas tomadas de decisão. Esse sentimento de encantamento o acompanharia para sempre. Entre pessoas, livros e bolinhas de gude, José solidificava seu caráter e suas habilidades numa meninice alegre.

Marina crescia disciplinada, cheia de energia. Levantava cedo e muito rapidamente se incumbia de tudo, desde a organização da casa e das roupas até o cuidado com a horta e o preparo das refeições. Na escola, encantava-se com as parlendas e os jogos interativos. Sua paixão eram as disciplinas relacionadas às ciências humanas e sociais. Tinha pressa de ler todo tipo de coisa, gravá-las em sua memória para, mais tarde, quase desmaiada de cansaço em sua cama, pensar no que havia lido.

Depois de mais de meio século de sua institucionalização, o ensino público no Brasil sofria uma grande transformação nos princípios, métodos, práticas simbólicas e conteúdo. A educação moral e cívica cedeu espaço a temas e abordagens mais importantes para o momento social que o país atravessava. Iniciativas de pequenos produtores nos mais diversos segmentos proliferavam em toda parte. Em detrimento do caráter civilizador que a educação jamais deixa de ter, era tempo de preparar o Brasil para o progresso.

* * *

Apesar de suas cantinas e confeitarias, o Brás não era um lugar de festas como outros bairros. Era um grande negócio. Todos ali pareciam muito ocupados em ficar ricos.

Com a facilidade da localização e a experiência adquirida, Ana começou a costurar camisas por encomenda. Algum tempo depois, Joaquim deixou a construção civil e passou a vender as peças que Ana produzia. Ana desenhava, Joaquim cortava, Ana costurava e Joaquim vendia.

Por dois anos, assim passaram as noites, dormindo o mínimo possível, até fidelizarem clientes e Ana poder deixar seu emprego na fábrica. Compartilhavam a trajetória de muitas famílias que, após gerações, conquistavam a prosperidade prometida a seus avós.

* * *

Não há fato sem motivação, nem motivação sem fundamento histórico, produzidos por historiadores a partir de depoimentos de testemunhas e pesquisa de documentos do passado. Com esse intuito, levantam questões e seguem em busca de respostas. E sua leitura modelou a alma de Marina. Nos livros, ela encontraria as respostas para seus dilemas e o fundamento para suas ações.

A propagação da matemática moderna, que despertou a paixão de José, não era uma ação desprovida de propósito, e sim uma resposta dos americanos ao sucesso dos russos na corrida espacial, quando passaram à frente com o lançamento do Sputnik, no final da década de 1950. O impacto da nova modalidade de ensino, bem como a trajetória de seus pais, influenciaram a vida de José, determinaram a profissão que viria a escolher e a forma como se relacionava com o mundo.

A prosperidade não chegava por acaso, muito menos seus reflexos sociais.

As novas perspectivas de educação e a ascensão econômica das famílias italianas inauguraram no país um novo discurso a respeito da italianidade. Ficou para trás o sentimento de vergonha e atraso para suplantá-lo com uma visão de pioneirismo e trabalho. Os aspectos culturais, de apego aos valores familiares e religiosos, fomentaram o surgimento de associações, os "Círculos Italianos". Dessa forma, reescreviam no subconsciente dos descendentes o orgulho de pertencer a um grupo. Esse movimento facilitou o ingresso dos produtos confeccionados pelos Vaccaro no comércio do Brás, que proporcionou pela primeira vez à família um período de tranquilidade financeira.

Ao mesmo tempo, alimentavam uma cadeia de colaboração social e econômica entre seus membros, e até mesmo conjugal: os descendentes de italianos ainda procuravam se casar entre si.

* * *

Após graduar-se no curso técnico de contabilidade, José casou-se com Catarina. Econômica e minuciosa, Catarina foi o alicerce de que José precisava para alavancar sua fortuna.

Ainda jovem, viu-se responsável pela vida de uma família. O cuidado com o outro lhe era natural, e a convivência com pessoas era gratificante e segura. Seu sorriso denunciava desde cedo a segurança das pessoas cientes do amor e do que significa ser amado. Ele gostava das pessoas. Incutindo uma entonação mais expressiva aqui, de acordo com a reação da audiência, eletrizava quem o escutava como se as palavras estivessem a passeio em sua boca e alcançassem por acaso aqueles ouvintes.

José questionava-se: "O que é realmente preciso para ter uma vida que faça sentido e traga paz, conforto e alegria?". Nem todos os equipamentos eletrônicos e sorrisos de aprovação, nem todos os opcionais a que a sociedade se habituou são requisitos para a felicidade de todo ser humano. "Estabelecer as próprias metas é fundamental para alcançar a satisfação e a liberdade", pensava. Para atingi-las, José sabia, era preciso empreender a boa luta, onde o trabalho não implica a demolição dos próprios princípios nem relegar ao esquecimento os alertas do corpo e da alma.

Com seu interesse pelo mercado financeiro e um sorriso que encantava e desmontava barreiras, José abria espaço. Sua afetuosidade e inteligência favoreciam sua reputação de contador habilidoso e honesto, colecionador de clientes e investimentos rentáveis.

Quando Ricardo chegou, já haviam feito muito.

* * *

Não foi apenas o brilhantismo dos filhos de Ana que os levou ao progresso que obtiveram. Eram talentosos, laboriosos. Mas foi Ana quem desempenhou um papel critico no desencadear dos fatos, com sua estratégia de administração de recursos financeiros e sua noção do destino que devem cumprir um homem e uma mulher. José gostou do sonho que ela sonhou para ele e progrediu. Marina precisou transgredir. Ir além do que sua educação, baseada na subordinação e obediência, lhe permitiu alcançar.

Tiveram uma vantagem competitiva em relação a grande parte de sua geração: por ter-se disposto a aprender e agir, Ana pôde preparar seus filhos para as oportunidades. Com opções reais, é possível construir uma alternativa que muito poucos acessam, por ignorarem essa possibilidade ou por absoluta falta de ímpeto na busca de um propósito de vida. Mas José e Marina haviam aprendido desde muito cedo a noção do trabalho, a importância da educação e da poupança. Ana os presenteara desde o berço com uma vida de possibilidades.

Ana viveu setenta e oito anos. Velada, amparada, escolheu o minuto de solidão para desapegar-se de uma vida a que tanto se agarrara.

Joaquim terminou seus dias usando uma bengala. Sossegado, envelheceu como viveu: sem olhar para os lados. Partiu aos 58 anos.

Construíram um patrimônio por terem descoberto, apesar da pouca educação formal, que a grande virada se dá quando se consegue retirar da engrenagem que tenta nos arrastar algo extra que vai se acumulando — seja uma poupança, um conhecimento, uma visão, um tempo de folga para sonhar e alicerçá-los. Quando um objetivo de longo prazo não acompanha a luta pela sobrevivência, a consciência do ser humano tende a anestesiar suas emoções e reações. Mas quando há um sonho, um dia esse algo acumulado se transforma na chave que leva o ser humano a trilhar outro caminho.

De tempos em tempos, mentes brilhantes descobrem um fluxo e dão novo rumo à sua existência: José foi ótimo com os números; Marina foi brilhante com a vida. A mudança não vem necessariamente da abundância: foram necessárias três gerações de muito trabalho e sabedoria para que deixassem para trás a pobreza e seus desdobramentos, tornando-se aptos a desenvolver uma estrutura financeira e emocional para que Ricardo e Carolina pudessem iniciar sua vida em outro patamar — destinos derivados, mas desiguais, como desiguais são os homens, os povos e as situações.

Ativos e passivos

O fluxo que escorria era o resultado do movimento e da inércia alternados dos que haviam estagnado, dos que aguardavam a vida passar para delinear seu trajeto, cumprindo um destino que sozinhos já não sabiam traçar.

11

A NOITE IA ALTA QUANDO CAROLINA acordou com uma sensação estranha no corpo, a cabeça pesada; retomou a consciência do que havia acontecido conforme passava a mão pelos cabelos ainda úmidos e pela barriga.

Seu bebê! Onde estava?

Num salto se levantou e olhou para o canto, onde seu filho dormia ao lado de Ricardo no berço improvisado sabe-se lá por quem. Seu primeiro impulso foi se arrastar até lá.

Aproximando sua mão trêmula, acariciou o rosto da criança cuja chegada planejara minuciosamente. Reconheceu seu vestido que o envolvia, o nariz meio inchado, as orelhas bem feitas, as mãozinhas encolhidas em concha. Seu coração desanuviou-se quando constatou que o menino estava bem, apesar de tudo.

Gradativamente lembrou-se das duas mulheres, das dores e do medo que sentira ao perceber que a hora do parto havia chegado. Só percebeu que estava chorando quando uma lágrima caiu na bochecha daquela criaturinha tão perfeita.

Como ele pudera fazer isso? O homem com quem convivera a vida toda, alguém em quem confiara imaginando compartilhar sua vida. Agora estava ali, com os cabelos desgrenhados, sujo e maltrapilho, com as unhas compridas e uma barba malcuidada.

E o parto? Como esquecer o pavor que sentira ao perceber que a bolsa se havia rompido e seu filho iria nascer antes que pudesse voltar à segurança de uma maternidade, ao apoio de sua família, sem que fosse assistida por sua médica e os recursos da medicina? Sozinha, enfrentara o início das contrações sem ninguém para orientá-la, segurar sua mão e dizer que estava tudo bem, que as dores eram normais, que seu filho estava na posição correta. Seu filho nascera ali, naquela pocilga em que seu marido os obrigara a permanecer.

Era difícil compreender tudo aquilo. Em seu desespero, Carolina se abaixou, sentando-se no chão. No momento em que ergueu o rosto para enxugar as lágrimas, sua atenção foi capturada pela arruaça que a chuva fazia no vidro da janela. Seu mundo parou, como se uma gota d'água a tivesse hipnotizado.

Na gota escorrendo pela vidraça, viu uma criança, vislumbrou sua trajetória num mundo desconhecido, assistiu-a enquanto percorria trajetos firmes, rápidos. Às vezes vacilava, titubeava, enquanto, ela poderia jurar, pensava que direção tomar. E retomava seu movimento.

Naquela vidraça, Carolina viu perdas, o volume de água da gotinha diminuindo para deixar atrás de si um rastro, uma pista do caminho para que outros pudessem investigar quem passara antes por ali, o que lhes acontecera. Que porção de vida tivera seu lugar naquele deslizar do tempo, naquela linha molhada, esperando que outras gotas, outras vidas, outros passos, completassem sua obra e alterassem seu desenho.

Mais água agregou-se à gota-menina nos momentos em que passou estendendo a mão e encontrando outra para segurar. O fluxo que escorria era o resultado do movimento e da inércia alternados dos que haviam estagnado, dos que aguardavam a vida passar para delinear seu trajeto, cumprindo um destino que sozinhos já não sabiam traçar. Essa paralisia e ação de gotas de vida banhando a vidraça, escrevendo a história das gotas que corriam em paralelo, quase em paralelo. Avizinhavam-se e concorriam pelas águas paradas, transformando a superfície num inerte escorredor de sonhos, pesadelos e medos, até que chegassem a novas paragens e pudessem descansar.

Como uma visão, Carolina viu Ana chegando à cidade aos quinze anos. A água da gotinha foi diminuindo para formar outras no caminho percorrido: José ganhando a corrida e sorrindo, Marina de ponto em ponto, toda a sua família naquele aguaceiro. Estavam todos ali, naquela janela, lutando pela vida naquela vidraça, tentando entrar — uma vida tomada pela chuva que Carolina não suportava mais.

Com o peito dilacerado pela dor, esqueceu-se de tudo e num rompante se levantou, abriu a porta e correu. Correu muito.

Enquanto urrava de desespero, de dor, de desgosto, sentia as pedras no caminho e o barro nos pés, a chuva fria no corpo, a cabeça quente. Passava as mãos pelo corpo, querendo que a água levasse suas lembranças e transformasse a realidade. Às vezes apertava o peito com as duas mãos, tentando atenuar aquela dor profunda que parecia rasgá-la ao meio.

Subiu o morro escorregando no terreno íngreme e lamacento, agarrando-se aos galhos próximos, que ora a ajudavam, ora lhe cortavam braços e pernas. Deparou-se com uma escada na fresta escura de um rochedo e subiu. Só parou quando chegou à pequena campo que levava ao penhasco.

Inspirou o frio e a água algumas vezes e caminhou lentamente. Aproximou-se do penhasco e o fitou. Contou-lhe seus sonhos; falou do amor que havia sentido, do quanto se sentira amada, de seu apego às pessoas, à ideia de construir um lugar melhor para a humanidade, da maternidade, de seu desapontamento. Compartilhou a dor infinita que sentia, parecendo fazer com que todos os seus ossos se esfacelassem, ah, seu desencanto com tudo e com todos, e seu desapego à vida! Sua dor agora era a dor de seus antepassados. Sua alma se agarrava ao vento enquanto encarava o abismo.

Um trovão a despertou do devaneio. Quando olhou na direção do barulho, Carolina viu uma árvore com um tronco enorme, muito cascudo, rude ao toque, que se esfarelava sem oferecer resistência, encimando raízes velhas e retorcidas que já não cabiam sob a terra. Mesmerizada, foi erguendo seus olhos, seguindo as raízes, e viu alguns parasitas no caule grosso, que crescia a despeito de tudo; e então viu seus galhos e suas ramificações cheias de folhas, e outros galhos mais acima, a ponto de encobrir um pedaço do céu.

Carolina caiu de joelhos e entendeu.

Percebeu o trajeto da vida através dos séculos, transformando uma semente naquela majestosa planta ressequida, maltratada pelo sol e pelo vento, agarrando-se à vida com quantas raízes se fizessem necessárias, buscando água no solo, na superfície, desenvolvendo camadas em seu caule para defender a seiva e garantir sua circulação, abrindo espaço para que as folhas tivessem acesso ao sol, sempre e cada vez mais, em direção ao alto: a natureza transcendendo as prisões, as guerras, a devastação e as erupções para reinar absoluta, com suas águas cristalinas, seus cardumes, golfinhos e tartarugas na terra massacrada, agredida pela dor, mas que suplantava o passado com uma beleza exuberante.

Carolina caminhou e abraçou aquele caule. Aquela árvore salvara a sua vida.

Quando acordou, a chuva tinha passado. Suas roupas estavam secas e sua alma serena. Inspirou profundamente e esticou seu corpo, ferido e imundo, mas sua alma estava limpa. Olhou atentamente ao redor, como se quisesse fotografar o paraíso que lhe restaurara as forças.

Levantou-se. Com o corpo ereto, como se deslizasse numa grande avenida, senhora de um potencial que só agora se dava conta de possuir, encaminhou-se de volta à trilha sem olhar para o penhasco. Era tudo passado. Estava acabado.

Noites de desespero haviam feito seu trabalho, dias e dias de pesadelo, como se houvesse uma bolha interna, uma pressão enorme que vazava no choro e fazia o peito arder, doer de tão vermelho — um estado próximo àquela insanidade que costuma preceder a virada, aquele momento em que a bolha explode e borbulha por todos os lados, atingindo quem estiver por perto. Não há outra maneira de descrever, é uma explosão de tudo o que estava represado, esperando para ver a luz, que naquele momento é catalisado, dissolve o que existe e faz da realidade uma página virada, uma espécie de verdade ultrapassada que não serve mais, está livre, se esvai, tempo e espaço transformados numa lacuna a ser preenchida pelo que ainda está por vir.

Carolina desceu devagar a trilha que subira na noite anterior. A chuva torrencial havia transformado tudo em lama. Era preciso se segurar nos galhos para não escorregar. A cena era impressionante. A fragilidade daquela mulher na noite passada em nada lembrava a que agora descia, como se se equilibrasse em saltos imaginários.

A pessoa que executava o harmonioso movimento não condizia com aquele corpo sujo, descalço, de cabelos emaranhados, como se apenas os olhos merecessem fazer parte da paisagem, cujo verde o sol forte deixava mais claro. Carolina se preocupava em não quebrar os galhos em que se apoiava enquanto se despedia daquele pedaço do mundo.

Enquanto caminhava, os pensamentos davam espaço à contemplação da beleza: a natureza impressionava, a exuberância do clima e da vegetação a fizeram parar mais de uma vez para apreciá-la, observar o topo das árvores, o emaranhado da mata, o barro que ela revirava com os dedos dos pés. Entre um suspiro e outro, ela andava e parava num ritual de despedida, sempre avançando, até chegar à casa.

* * *

Quando se aproximava, viu Ricardo, aflito, vindo rápido em sua direção. Envolvia o bebê com os braços enquanto já podia se ver acariciando o rosto, os cabelos, os braços de Carolina. Seus olhos se perdiam na imagem daquela menina com quem correra quando eram crianças. A lama no corpo dela o remetera ao passado de cumplicidade.

Ricardo sentiu sua pele se esticar, seu coração rejuvenescer, seu olhar se desanuviar enquanto observava a cena. Sua vontade era se atirar sobre aquela mulher, abraçá-la e ouvir o riso de que tanto gostava, lavar seu rosto, dizer como ela estava em seu coração. Sua visão o dominava de tal forma que não havia palavras suficientes para expressar o que sentia.

Num impulso, esticou os braços para aconchegá-la, mas havia o bebê. Voltar a olhar para a criança em seu colo teve o efeito de uma viagem no tempo. Ricardo ficou paralisado, como se um vento muito forte o tivesse arrastado de volta ao momento presente e o pressionasse para vivê-lo.

Olhou para Carolina e não viu sorriso, meiguice ou disponibilidade em seu olhar. O que viu o assustou, e deu um passo para trás: a mulher diante dele era uma desconhecida; sua postura o desestabilizou.

Carolina pegou o bebê dos braços do marido. Antes que pudesse dizer algo, Ricardo recuou, com a testa franzida. Então se virou e continuou andando, resoluto, em direção à trilha.

O que mais poderia fazer? A barreira que se havia estabelecido entre eles impedia que as palavras preenchessem aquele distanciamento.

12

OS DOIS NETOS DE ANA nasceram em 1970. Marina chamou à filha Carolina, miúda de corpo e graúda de emoção, olhos e boca grandes, cabelos lisos e fartos. José se tornou pai de Ricardo, bebê forte e emotivo, com seus cabelos castanho-escuros.

O menino tinha a preferência de Ana. A primeira colher de sopa que ela deu a um neto foi para ele. Ana permanecia longos períodos olhando os netos em seus bercinhos, como se fossem a sombra de sua vida posta no colo, no quintal de sua casa. Os anos se haviam passado, trazendo prosperidade financeira e resignação emocional. Agora, através dos netos, a vida prosseguia.

Ricardo e Carolina cresceram juntos, alegres e saudáveis. Gostavam da companhia um do outro. Brincavam e conversavam por horas, apreciavam a convivência. Apesar da calma de Carolina e da reticência de Ricardo, tinham muitos interesses em comum, e falavam a mesma linguagem da inocência. Conversavam sobre as coisas que viam e imaginavam, arquitetando com suas brincadeiras suas dúvidas e ideias aparentemente soltas.

Um dos jogos favoritos da dupla era a fazenda de lápis de cores, onde desenvolveram um complexo conceito de hierarquia com o material que carregavam nos estojos escolares. Havia os chefes, os proprietários, os trabalhadores, os jovens, as crianças.

Os tamanhos e o estado de conservação do lápis determinavam a classificação, de acordo com critérios previamente acordados, que só eram relevados em caso de uma preferência pessoal muito especial de um ou de outro. Os lápis mais agradáveis recebiam as melhores cotações.

"Outra exceção!", bradavam.

"Já discutimos isso. Você também quis um chefe."

"Assim não vai sobrar quase nada para o curral. E quem vai trabalhar nas plantações, Ricardo?"

"Pegue aqueles ali, do ano passado, Carolina."

Discutiam a localização do curral, da casa principal, dos campos plantados. Desenvolviam diálogos entre os lápis e assim denunciavam sua preocupação social, já incipiente nas brincadeiras infantis.

Em outras ocasiões, faziam o jogo dos pés, como quando esperavam o início do espetáculo no grande circo Orlando Orfei. Sentados na arquibancada do célebre circo de origem italiana, Carolina chamava a atenção de Ricardo e lhe dizia para olhar apenas para os muitos pés ao redor. Carolina imaginava como seriam seus donos, por que eles estariam naquele espetáculo, como seria a vida de cada um, quanto dinheiro tinham, se a rua de suas casas era asfaltada, se tinham vindo de carro, se estavam comendo uma maçã do amor.

* * *

Nos finais de semana, os dois frequentavam o Playcenter, parque de diversões inspirado nos grandes parques americanos. Pessoas de todo o país vinham a São Paulo para conhecê-lo. Ricardo e Carolina o tinham visitado pela primeira vez semanas após sua inauguração; brincaram no carrossel e na Maria Fumaça. Nos anos seguintes, vieram a Minipista e a Montanha

Encantada, toda de pedra. O percurso do barco pela pista aquática que entrava e saía da montanha exibia personagens de histórias infantis.

As crianças se desafiavam a entrar no Labirinto de Espelhos. Além da troca de provocações frente às imagens, agitavam-se com os efeitos sonoros. Os personagens do Castelo de Horrores, com suas fantasias e gestos ensaiados, colocavam a criançada para correr em disparada até a saída. Depois do susto, Ricardo gostava de caçoar de Carolina: "Assim você nunca vai poder ir à Superjet. Qualquer monstrinho te deixa apavorada!"

Superjet era a grande montanha-russa, que desde a inauguração povoava a imaginação das crianças, que já a avistavam desde a entrada. Com a exigência de altura e idade mínimas, era um grande desafio a ser conquistado por aquela geração. Ricardo atingiu os pré-requisitos aos doze anos.

O ritual começa na fila. À medida que sua vez se aproxima, o coração dispara, as palmas das mãos começam a transpirar e a respiração se altera. Em meio à emoção, pensamentos de dúvida e medo são inevitáveis, enquanto o poder de atração pelo desafio aumenta a ansiedade.

Afivelar os cintos e tirar os pés do chão significa que não tem mais volta. Quando o brinquedo começa a funcionar, a velocidade crescendo, as pessoas gritando, a descarga de adrenalina assume o domínio das sensações. É tudo tão rápido. A única alternativa é vencer. Quando o percurso se encerra, o fato de ter ultrapassado todos os receios anteriores e vencido o medo torna a sensação de bem-estar e superação indescritível.

Ah, que maravilha é atingir os próprios objetivos, se superar, conquistar mais um pedaço do mundo! Só correndo para entrar de novo na fila. Foi o que Ricardo fez naquele domingo, e em todas as visitas seguintes.

* * *

Carolina cresceu à sombra de Marina. Gostava de estar com a mãe, admirava sua inteligência e sua energia. Encantava-se com o vaivém daquela mulher que parecia saber tudo e a quem todos recorriam nos momentos de necessidade. Mais do que as palavras, a postura corajosa da mãe penetrou profundamente em sua alma, moldando seu entendimento do mundo.

Marina vigiava a liberdade em que a filha crescia; cuidava que houvesse espaço para a imaginação, para a solidificação do sentimento de amor na alma infantil, que ainda não denunciava a própria inquietude. A menina transgredia nas roupas e nos cabelos, mas era afável no trato. Crescia acreditando numa vida de novidades, repleta de possibilidades, e antevia um horizonte muito além do que seus olhos podiam ver: uma sensação de amplitude ressoava dentro dela. Herdara da mãe a paixão pelas palavras, e as leituras fermentavam em sua cabeça.

Quando aos dezessete anos ingressou no curso de arquitetura, seu mundo se transformou com novas atividades e novos amigos. Era a maravilhosa vida real que ela esperava conquistar. Sentiu uma gratidão imensa a Deus e à família, que a haviam amparado e incentivado. Em contrapartida, sentia a responsabilidade de fazer daquela oportunidade o que chamava de "uma grande coisa", uma vida que valesse a pena ser vivida.

* * *

Enquanto José brilhava nas finanças, Ricardo crescia amparado pelo amor das mulheres de sua vida. Frequentava as melhores escolas, tinha amigos e um lugar na sociedade. O menino tinha ideias próprias, não respeitava os limites das possibilidades; amava as ideias borbulhantes, que brotavam em palavras, números, pensamentos. Sua inteligência era seu tesouro e seu prazer.

Passeava por raciocínios com facilidade, e adorava os jogos de imaginação que desenvolvia com a prima Carolina. Muitas vezes se calava, com um sorriso nos lábios, para ouvir as peripécias mirabolantes dela. Em seguida, acrescentava mais uma de suas aventuras. Ainda não julgavam, apenas faziam comentários. De certa maneira, era sua forma de redesenhar o mundo à sua volta.

Mas José sabia que Ricardo precisava se desenvolver. Em sua vida na rua, desenvolvera uma percepção aguçada dos acontecimentos, e se gabava com frequência da própria capacidade de penetrar a personalidade das pessoas. Como neto de imigrantes italianos, estabelecidos a duras penas no Brasil, crescera na perspectiva mandatória de ser bem-sucedido, não importassem as circunstâncias.

Colocado dessa maneira, era crucial reconhecer os verdadeiros interesses das pessoas com quem se relacionava, e José acreditava que Ricardo devia ser preparado para isso. Decidiu enviar o filho para longe da proteção constante da família, um ambiente onde a necessidade o levasse a desenvolver sua própria percepção, para aprender e chegar antes; e, estando pronto para a vida, se beneficiar das circunstâncias e prosperar.

Sair de casa aos quinze anos foi um choque para o menino. O colégio militar era algo completamente diverso do ambiente carinhoso de sua casa, com o favoritismo de Ana e a proteção dos pais.

José explicava ao filho sua teoria sobre os homens, os negócios, os processos de modernização, detalhadamente, concluindo a explicação com a vida no campo:

"Então, um dia, você está no campo, frente a frente com o trabalhador rural. O choque é inevitável, mas todos podem ganhar com isso. A produção, meu filho, estimula a circulação, e a circulação abre espaço para maior produção."

Nesse ponto seus olhos brilhavam. José abria os braços como se quisesse abraçar o mundo, e depois se abaixava como se perguntasse a Ricardo se ele havia acompanhado o raciocínio. E prosseguia: "Assim sucessivamente. Isso faz com que os nossos pobres sejam menos pobres do que os pobres de antigamente, e os nossos ricos muito mais ricos do que os ricos do século passado", repetia.

José se envolvia em sua teorização e viajava. Era como se transformasse sua mente num grande mapa, que ele estendia sobre o tapete da sala enquanto explicava para seu filho como conquistar o mundo.

"O grande perigo é a concentração de poder", dizia, recostando-se na poltrona, projetando a barriga que crescia a cada dia. Com uma expressão muito séria, apontava para Ricardo. "Um poder concentrado nas mãos de poucos é a grande armadilha que pode minar a riqueza de uma sociedade. Tem gente que sabe administrar, tem gente que sabe produzir. E é assim que deve ser." Invariavelmente, nesse ponto, José tornava-se pensativo, distante, e a explanação terminava.

Esse assunto, o ciclo virtuoso de geração de riquezas, o fascinava. De certa maneira, tinha se tornado a sua vida. Ricardo só se deu conta de quanto o pai havia enraizado essas ideias em sua mente muitos anos depois, quando teve a oportunidade de conhecer o trabalho de grandes pensadores. Alguns conceitos lhe pareciam muito naturais, pois faziam parte das lições paternas.

* * *

Quando Ricardo e Carolina se encontravam, tinham muitas recordações da infância, horas de segredos compartilhados, o que tornava seus encontros mutuamente agradáveis. Inicialmente sob o pretexto de não sair sozinho, Ricardo convidava Carolina para passear em qualquer folga que tivesse. Iam a igrejas, cinemas, pastelarias, os cantinhos mais frequentados pelos jovens daquela época. Não importava onde estivessem ou quanto tempo passassem juntos, tinham muito a conversar, e as horas se sucediam sem que percebessem.

Naquele fim de semana haveria o encerramento do encontro de alunos de economia de todo o Brasil — uma confraternização informal com muita música e cerveja. Ricardo convidou Carolina para acompanhá-lo à festa, onde, com desenvoltura, conhecia e conversava com todos. Ele estava feliz.

"Vem, vamos dançar", Ricardo disse.

"Forró?"

"E por que não? Vem."

Enganchou a moça pela cintura e mais brincaram do que dançaram. Estavam alegres e soltos. Carolina adorava dançar e Ricardo, que nunca havia sido adepto dos salões, surpreendera-a com o convite. Após quinze minutos, a música cessou e Ricardo, ainda rindo muito, se deu conta da cintura que segurava com firmeza.

Carolina era magra, e as mãos dele se descobriram segurando um corpo firme, esguio, permitindo que ele sentisse até os ossos.

Ricardo olhou para as próprias mãos e as viu em torno de um corpo feminino. Inevitavelmente, um misto de fogo e confusão o atordoou, escapando pelo olhar. Ergueu a cabeça e deparou-se com uma mulher afogueada, quase uma menina, rindo na segurança de sua companhia. Quando seus olhos se encontraram, o feitiço se consumou, denunciando Ricardo e despertando Carolina. Para quem não acredita no amor, é difícil entender a extensão, a repercussão daquele momento na vida dos dois jovens.

Permaneceram ambos num estado de hipnose enquanto o desejo tomava conta, percorria seus corpos como um suor frio escorrendo pela nuca, passando pelas costas, despertando todas as partes de seus corpos. Agora suas pernas bambas não pareciam suficientes para sustentá-los.

Alguém passou esbarrando no casal, empurrando Carolina na direção de Ricardo, que a segurou com vigor. Sua mão esquerda envolveu toda a cintura da moça, enquanto a direita se desprendia em direção a seus cabelos.

Um homem descobria uma mulher, de cujos cabelos ele conhecia o cheiro, mas não a textura e o movimento ao seu toque. Suas mãos tocaram a orelha dela, sua face, seu pescoço, e ali ficaram acariciando a pele daquele rosto cujos olhos reticentes não se fechavam. Então os lábios de ambos se aproximaram num beijo prometido, postergado, predestinado.

* * *

Desequilibrada devido ao esbarrão, Carolina estremeceu quando se viu irremediavelmente colada a Ricardo. Sentiu que a nuca abdicava do controle, seus braços, todo o seu corpo se entregando a uma sensação de fragilidade que a dominava, derretendo todo resquício de sensatez.

Quando ele tocou seus cabelos, com sua mão forte e segura, perdeu a noção do tempo. O contato com aquele rosto barbeado, colado ao seu, a aproximou de alguém que estivera sempre ali, mas só agora se apresentava.

Não saberia dizer quanto tempo durou aquela caricia, um momento, minutos, já não fazia diferença. Ela já não tinha pudor ou vergonha. Nada além do desejo de que aquele beijo se materializasse.

Quando aconteceu, o beijo foi profundo, prolongado. A sede de ambos pulsava em seus peitos, atava-os num abraço do qual não queriam se soltar, sem espaço para palavras ou dúvidas.

* * *

Toda a família recebeu a notícia do namoro com desconforto. Afinal, José e Marina não eram irmãos, mas primos, o que fazia de Ricardo e Carolina primos em segundo grau. Além do constrangimento familiar, havia os riscos de má-formação genética da prole, caso se encaminhassem para o casamento. O que fazer?

Vivendo a grande revolução que é a juventude, os jovens têm picos de inconformismo. Contestam tudo e todos. Não importa a coerência, apenas o pleno domínio da palavra nas discussões.

"Querem tratar a questão como um delito, um erro?", Carolina discutia com sua mãe.

Marina se calava. Ela sabia que a correção do erro pode tornar-se outro erro, transformando o credor em devedor, o violador no violado. Se os exageros da juventude podem levar a situações socialmente delicadas, os excessos educativos podem exterminar a iniciativa, a segurança e a autoestima. É certo não entregar uma espada a uma criança, mas o que essa criança fará, quando adulta, se não souber lutar?

José estava paralisado. "Como não suspeitamos de nada?". Sem que percebessem, o envolvimento já havia ocorrido, e a trágica história de Paulo, seu pai, não era segredo para ninguém. Paulo desistira da vida em função de uma desventura amorosa, relacionada a quem, ninguém ousava descobrir. Ricardo e Carolina eram os elos mais fracos naquela relação em que os pais, os adultos, detinham o poder de decisão. Mas no momento seguinte, assim como ocorrera com Paulo, passariam eles mesmos a adultos responsáveis por seus destinos.

"Esse é um momento delicado, em que qualquer punição ou proibição exagerada se transformará num atentado do mais forte contra o mais fraco. Precisamos ter cuidado para impedir que o fato venha a se repetir, Marina", José argumentava.

"Eu sei. Os dois foram criados para a felicidade, amados e educados para realizações. A falha é nossa. Nós permitimos que desenvolvessem a autoconfiança, como deve ser. Agora superestimam seu poder."

"Desista, como desencorajá-los? As estatísticas genéticas, as preocupações da família, eles não querem saber. Afinal, eles nos julgam incapazes de entender a alegria mágica que se apoderou deles."

"Você está certo, José. Eles já embarcaram nessa viagem. Nós não podemos fazer mais nada", Marina suspirou.

Assim como o amor incita à plenitude, alguns momentos fazem soar o relógio da existência, desencadeando uma desenfreada urgência de viver. O encontro de Ricardo e Carolina era mais que uma atração. Envolvia encorajamento, atenção e, fundamentalmente, apoio mútuo. Se o caminho parecia uma corda bamba, não importava. Sentindo-se aptos a vencer em quaisquer circunstâncias, portavam-se como equilibristas. Este era o significado do encontro entre aquele homem e aquela mulher.

A difícil arte da decisão

Todos os dias somos obrigados a tomar dezenas de decisões, na maior parte sem grande visibilidade de seus desdobramentos, a menos que se adentre o maravilhoso mundo corporativo, em que milhões são números e fortunas são parâmetros.

13

NAQUELE MESMO DIA, enquanto acertava os detalhes de sua volta a São Paulo, Carolina se reinstalou com seu filho na pousada Solar de Loronha. Mas, por maior que fosse a convicção do rumo a tomar, o amor dificultava uma guinada de direção. Ao mesmo tempo em que tratava de conseguir um voo, buscava uma estratégia para resgatar Ricardo. Teve então a ideia de escrever um bilhete e enviá-lo por Geraldo.

Ricardo,

Por mais que te ame, e te amo muito, você não deixou espaço na sua vida para mim. Por alguns dias pode parecer pitoresco viver à margem da civilização, sem contato com outras pessoas, comendo o que der certo, dormindo em leitos rústicos.

Mas, amor, eu preciso de mais, nosso filho merece muito mais. Não fomos acostumados ao isolamento, à precariedade sanitária, a acordar e viver todos os dias da mesma forma, à mercê do sol e da chuva, do resultado da pesca diária. Somos seres humanos que conheceram o cuidado, sinto falta das pessoas, do conforto, do noticiário, você desligou tudo! Estou na pousada, venha nos encontrar. Podemos recomeçar juntos.

Amor,

Carolina

* * *

Ao cair da tarde, Ricardo retornou à casa vazia. Estagnou, sem procurar vestígios que lhe explicassem o que havia acontecido. Sentou-se no degrau da porta de entrada e permaneceu ali, olhando as árvores.

À noitinha, o mensageiro se aproximou e entregou o bilhete de Carolina. Ricardo o leu imediatamente e pediu a Geraldo que retornasse na manhã seguinte.

Quantas vezes leu aquelas poucas linhas? Com as mãos amorenadas pela constante exposição ao sol dos últimos dias, segurava o papel que contrastava com sua cor. A mensagem, uma espécie de choque de existência de uma civilização que ele se esforçava em ignorar, ia além das palavras que captavam sua atenção.

A maneira como Carolina havia disposto suas ideias ressoava em sua mente. Podia vê-la pronunciando cada frase, antever seu olhar e seus gestos, mas daí a recomeçar... Ele não conseguia se imaginar de volta à rotina.

Ao mesmo tempo, não conseguia se desvencilhar da imagem dela e vislumbrar outras possibilidades. Apesar de tudo, ela permanecia íntegra e lúcida. Sentia-se infantilizado perante a companheira.

Já era dia claro quando percebeu que alguém se aproximava da casa. Quando o mensageiro chegou, Ricardo pediu uma caneta.

Ricardo apressou-se em colocar no verso do bilhete do dia anterior suas palavras, dobrá-lo e colocá-lo no mesmo envelope em que o recebera.

Carolina,

Sinto profundamente tudo o que aconteceu. Mas minha vida é aqui, tudo que preciso está disponível e ao nosso alcance. O resto é ilusão, uma escravidão que rejeito com as forças que me restaram, algo que não desejo para você e nosso filho. Podemos alugar uma casa e mobiliá-la, enquanto pensamos no que fazer no futuro. Você vai aprender a gostar desse paraíso.

Ricardo

* * *

A noite seguinte foi longa para Carolina. Era madrugada escura quando escreveu o bilhete:

Ricardo,

Esta noite foi longa e triste. Mesmo com a distância que se estabeleceu entre nós, ainda com sua presença sob o mesmo teto, jamais perdi a esperança de que esta solidão fosse temporária, acabaria a qualquer momento com um abraço, nossos corpos e depois nossas mentes despertariam do pesadelo e tudo ficaria bem. A distância assusta, é como se pedras pesadas, difíceis de remover, bloqueassem a passagem, transformando-a num caminho sem volta.

Sinto muito sua falta. Aqui não há casas para alugar, nem possibilidade de construirmos o que quer que seja. Vamos voltar e fazer planos, ver nosso filho crescer. Há tanto ainda por fazer.

Ainda te amo,

Carolina

* * *

Muito cedo encaminhou o bilhete ao mensageiro, pois sabia que retornaria a Ricardo nas primeiras horas. Um café preto forte estava sendo preparado na cozinha. Carolina se serviu numa caneca e voltou para o quarto, onde seu filho dormia profundamente.

Carolina o olhou demoradamente, lembrando como havia sido celebrado desde que ela soubera que estava grávida: um bebê tranquilo, de pele clara, cabelos finos e escassos, de rosto redondo; era todo redondo, lembrando o avô paterno.

Seu nascimento havia despertado em Carolina uma força que ela desconhecia. "Disso é feito o ser humano, saltos de consciência que, de uma hora para outra, transformam seu estilo de vida e jeito de ser; e a maternidade tem esse poder sobre as mulheres." Ela estava compreendendo como sua relação com o mundo se alterara, exigindo dela uma nova postura. "Os pais estão certos: os filhos são uma oportunidade de reescrever sua trajetória, por caber a eles ensinar os passos da jornada. Eles conhecem as necessidades e armadilhas do destino. Ao menos aquelas que fizeram parte de sua história pessoal, da família, dos amigos, do seu tempo. Se utilizarem esse conhecimento para permitir que seus filhos comecem do ponto a que conseguiram chegar, eles poderão ir muito além. Para isso são necessárias várias gerações, ajustando os sonhos, os acertos e equívocos às realizações", ela pensou.

Aproximando-se de seu filho, fitou-o. Essa criatura tão pequena e carente de cuidados um dia se tornaria um ser humano independente, a mãe tornando-se apenas mais um personagem em seu cotidiano. Mas nesse momento era seu porto, sua fortaleza, e ela estava decidida a desempenhar com esmero a sua função. "O melhor que posso fazer é amá-lo e ensiná-lo a confiar e ser confiável. Sendo amado, ele aprenderá que as pessoas são capazes de amar e desenvolverá sua própria forma de expressar amor", ela suspirou. Com seu colo macio, seus beijos e suas palavras, as mulheres podem transformar o mundo, produzindo pessoas equilibradas. Assim como ocorrera com todas as mulheres de sua família, a vida se apresentava a Carolina.

Ela beijou o bebê antes de se voltar para a janela. Desejava sentir o ar fresco e respirar. As coisas não iam bem.

Na pousada, tinha tomado conhecimento das notícias alarmantes sobre mercados financeiros de diversos países. As especulações sobre o envolvimento de agentes brasileiros seguiam desencontradas, mas ela estava convicta de que a reputação de Ricardo estava em jogo. Algo precisava ser feito. Um dia, seu filho seria um homem, e era muito importante que crescesse ciente da integridade do próprio pai.

Ela recebeu as duas passagens que solicitara, uma delas válida por um ano. Preparou tudo e orientou Geraldo a entregar a mensagem a Ricardo. Era importante que ele lesse aquele bilhete e recebesse a foto do filho e todos os bilhetes anteriores, pois não haveria outro envelope. Ela precisava de uma resposta.

* * *

Naquela manhã, Geraldo encontrou Ricardo muito antes de chegar à sua casa. Ansioso, ele sabia que o tempo estava se esgotando e os fatos se precipitariam. Quando avistou o mensageiro no meio do caminho, correu até ele e, sem sequer cumprimentá-lo, arrancou-lhe a carta das mãos:

Ricardo,

Partimos amanhã. Venha conosco. Devemos isso ao nosso filho, agora somos três. Quero muito contar com você a meu lado para fazer dele um homem, e que ele aprenda com você a ser íntegro, a lutar pelo que acredita ser importante, a olhar para as pessoas e enxergar a humanidade. *Ele ainda não tem nome, pois tenho esperança de que o escolheremos juntos. Todos erram, mas a vida continua para que possamos acertar o passo e avançar. Sua passagem estará disponível na pousada pelo tempo que você precisar. Volte conosco, volte para nós, volte por nós.*

Carolina

* * *

As palavras de Carolina tiveram em seu cérebro o efeito de um terremoto. Ricardo desejou profundamente ser aquele homem que era arrastado pelas mãos dela, para o chuveiro, para a vida, resgatando-o de seu desespero com a cumplicidade que ambos haviam desfrutado.

Mas ele não era mais o homem forte que a protegia, a quem ela consultava para definir os detalhes da loja, os problemas com fornecedores, os detalhes do quarto do bebê.

Havia a criança e seu nascimento tenebroso. Ele havia infringido todas as regras, ultrapassado todos os limites ao submetê-los àquele absurdo. A condescendência com que Carolina tratara a questão, não tocando no assunto. Ela encontrara forças para tomar as rédeas da situação e ainda lhe estendia a mão.

Tudo apenas comprovava que ele não estava pronto para o que estava por acontecer.

Ricardo não conseguiu responder ao bilhete de Carolina. Nos últimos dias, não conseguira dormir, mal se alimentara, refugiara-se no mato para não ser encontrado.

Seu esforço era desnecessário. A precariedade emocional de Ricardo destruíra sua segurança, necessária para o convívio saudável com as pessoas da ilha, resultando em repulsa e isolamento. Agora, ele estava provando da pobreza financeira. As pessoas degradam-se pelo odor de seus corpos sujos, das próprias roupas cheirando a cachorro molhado. Como elas, Ricardo provocava repulsa por sua falta de cuidados, seu hálito e suas feridas mal curadas. Nas trilhas e nas praias, ele passou a ser ignorado.

* * *

Nenhuma das verdadeiras histórias de sucesso daquela família aconteceu por terem seguido o roteiro de prosperidade vigente em sua geração. Ana criara galinhas e costurara a vida toda, Joaquim jamais aprendera a ler e escrever. José fizera apenas um curso profissionalizante e Marina só concluíra o ensino médio. Mas obtiveram sucesso por buscar a oportunidade de trabalho onde ela existia, e se agarraram a ela com energia e convicção, sem se deixarem levar pelos devaneios de consumo da modernidade. E, definitivamente, por abraçarem toda a educação acessível, o que lhes possibilitou uma visão privilegiada da realidade e das oportunidades a seu alcance. E os braços de Ricardo? Onde estavam?

Andando pelas praias, Ricardo observava os turistas. "Todos os dias somos obrigados a tomar dezenas de decisões, na maior parte sem grande visibilidade de seus desdobramentos, a menos que se adentre o maravilhoso mundo corporativo, em que milhões são números e fortunas são parâmetros. As escolhas que a atuação no mercado exige causam problemas complexos, que afetam negócios e pessoas. Como atingir a assertividade corporativa e pessoal, gratificar a própria existência com saúde, conforto e paz?"

Seus pensamentos o perturbavam. Ele tinha conhecimento de que a noção de ética não era mais uma invenção dos cursos de filosofia, mas uma abordagem consistente que lota auditórios de prestigiados cursos de negócios mundo afora, exatamente por ser fundamental para a gestão da riqueza. Professores de finanças e estratégia juntam-se a filósofos, promovendo debates que costumam ser acalorados.

Pensar e conversar sobre os problemas das empresas e da sociedade traz soluções muito diferentes do binômio certo e errado, pois misturam cultura, experiência e objetivos. Afinal, as pessoas são diferentes. Discutindo, são levadas a refletir antes que as situações da vida real demandem uma atitude drástica. "Exatamente como tentei fazer na agência e, agora, com Carolina", pensava.

Ricardo chegara a atingir uma profundidade de conhecimento que se fundia em sua prática e em seu caráter. Ultrapassara, nos últimos meses, qualquer noção ingênua sobre a riqueza; aprendera, com gestores ascendentes na pirâmide do poder corporativo, os dilemas morais e éticos que os acompanham, com maior intensidade, a cada degrau galgado na subida em direção ao topo. A sonegação temporária de impostos e a demissão em massa, por exemplo, tornam-se desafiadoras questões diárias.

Carolina falhara ao tentar convencê-lo de que não é possível responder à pressão do contexto com uma definição rígida, baseada apenas nos valores aprendidos na infância, muito menos com uma análise simplista ou maniqueísta. É preciso analisar as consequências de cada escolha sem sucumbir a conflitos de qualquer natureza.

Então, o preparo físico, técnico e emocional para lidar com todas as variáveis é imprescindível para a preservação da própria saúde física, convicção técnica e domínio emocional. Se algum desses elementos faltar, a doença se instala, neutralizando a genialidade, o passado de realizações, o futuro promissor dos mais bem-sucedidos cidadãos.

Apesar de todas as vantagens competitivas com que Ricardo fora agraciado, talvez lhe tenha faltado tempo, um pouco mais de permanência e estabilidade para que se tornasse realmente capaz de escolher, alcançando a assertividade.

Ele não trabalhava mais na agência.

Carolina retornava a São Paulo. E agora?

Ajustes

Abriu sua emulsão de banho especial e a despejou no ralo do box, contemplando seu movimento até a última gota; e assim como ela mesma cedera até sua última gota de inocência a um tempo que havia terminado, viu a loção se esvair pelo esgoto do chuveiro.

14

NO CAMINHO PARA O AEROPORTO, Carolina olhava para os morros por trás das placas que indicavam os pontos turísticos do arquipélago. Ela queria tanto ter visto os golfinhos... Ela suspirou. Dizem que podem ser vistos às centenas, todos os dias, na baía que leva seu nome. Costumam pular e acompanhar os barcos de turistas que transitam em direção à praia do Leão. Lá, é possível escutar o barulho impressionante produzido pela combinação do vento nas fendas rochosas com o movimento das ondas, adequadamente conhecido como "o urro do leão". Ela não vira nem escutara nada.

Curiosamente, era como se todas as histórias perpetuadas na ilha ao longo dos séculos tivessem se fundido numa torrente que despencara sobre ela. Tinha a sensação de ter sofrido uma devastação que roubou dela a vida que conhecia.

O nó na garganta dificultava sua respiração. Parecia estar deixando para trás a pessoa que era havia pouco tempo, quando ali chegara. Retornava para um mundo que lhe era estranho, para um futuro incerto, num corpo tomado por dores físicas e morais.

Dizem que a verdadeira sabedoria se desenvolve em cenários ambíguos, que forçam à busca de uma saída para a situação incômoda. Na choupana de Ricardo, conhecera o cárcere, a fortaleza, a ruína e toda a resistência possível a um ser humano.

Mas havia também os golfinhos, as tartarugas, os peixes coloridos, os mocós.

Na verdade, ela concluiu, a força da vida estava em cada cascalho daquele chão, naquele azul esplêndido por todos os lados, demonstrando que, apesar de um histórico de exploração, de presídios e invasões, a natureza imperava ciente de sua soberania, reduzindo tudo o mais a um passado irrelevante. No presente da ilha havia uma mulher levando nos braços uma vida pulsante, pedindo para se estabelecer.

O carro parou no terminal do aeroporto. Ela olhou a seu redor pela última vez. Com uma respiração profunda, caminhou para seu futuro.

* * *

Às 16:35 horas do dia 16 de dezembro, Carolina e seu filho embarcaram. Durante a escala em Recife, Carolina ligou para Raquel e pediu que a encontrasse no aeroporto em São Paulo.

"Carolina! Estávamos tão preocupados." Raquel parecia sem fôlego. "Você nesse estado, o Ricardo em tratamento, o que aconteceu?"

Carolina controlou sua emoção, escolhendo cuidadosamente as palavras. "Meu bebê nasceu em Fernando de Noronha, prematuro de algumas semanas, mas felizmente estamos bem."

"O quê? Fernando de Noronha?"

Ela respirou. "É uma longa história; prefiro não entrar em detalhes. Estamos voltando sozinhos, eu e meu bebê. Você poderia nos buscar no aeroporto amanhã de manhã?"

"Claro, amiga, claro."

"Preciso que você pegue a chave do meu apartamento na casa da minha mãe. Diga a ela que meu bebê nasceu e que estamos bem. Explicarei tudo pessoalmente. Por favor, não dê detalhes sobre o meu voo, não quero encontrar mais ninguém no aeroporto."

"Como você quiser, Carolina. Para que as chaves?"

"Pois é, mais um favor. Quando você conversar com minha mãe, pergunte se ela poderia cuidar do neto por uma noite. Tenho certeza de que ela vai me ajudar. Deixei a mala da maternidade preparada no quarto, ao lado do berço. Lá tem todo o necessário para essa curta estadia."

"Fique tranquila, farei tudo como você está me pedindo. A que horas quer que eu esteja no aeroporto?"

"Assim que embarcarmos, passo uma mensagem para seu celular. Muito obrigada, Raquel."

Daria tudo certo, Carolina pensou. Dessa forma inusitada, sua mãe conheceria o neto e o ampararia, enquanto ela garantia as horas de que necessitava para completar essa transição em sua vida.

* * *

Raquel atendeu ao pedido da amiga e foi sozinha ao aeroporto. Não pôde deixar de pensar na estranha ligação da amiga no dia anterior. Carolina falava de forma calculada, como se estivesse ditando uma pauta de reunião. Era um estado de espírito estranho para uma mulher que havia dado à luz um bebê tão desejado. Intencionalmente, não perguntou sobre a viagem ou sobre Ricardo, mas agora precisava saber a verdade.

As amigas se cumprimentaram. Raquel percebeu a transformação de Carolina, mas não teceu comentários. Algo muito sério se abatera sobre ela, isso era inegável.

Voltava da viagem sem o verniz da esperança que só a juventude produz. Quando olhava para seu filho, seus olhos sorriam e seu rosto se iluminava, mas algo estava errado. Onde estava Ricardo?

Raquel não se conteve, e arriscou:

"Ricardo está bem?"

Ela pareceu preparar-se para a resposta, com uma fagulha de sofrimento no olhar. "Ficará, Raquel. Tenho certeza. Por favor, tranquilize minha mãe. Diga que me viu, estou bem, só muito cansada. Amanhã estarei lá."

Despediram-se rapidamente. Carolina não queria prolongar aquele contato, dando chance a perguntas que ela não estava preparada para responder. Recusou a carona de Raquel e pegou um táxi. Beijou o filho e o entregou à amiga. Quando os dois se foram, a respiração de Carolina emitiu um som dolorido, quase um gemido.

* * *

Quando chegou ao apartamento onde havia sido tão feliz com Ricardo, feito tantos planos e ganhado tanto dinheiro, teve a sensação de que o peso do mundo estava sobre ela. Seus ombros endureceram, a cabeça inchou, ela precisou se sentar.

Tudo havia ruído ao seu redor: suas certezas, seus projetos para o futuro, sua concepção do amor. Haviam sobrado apenas pedaços, fragmentos que ela precisava juntar como se estivesse montando um quebra-cabeça chamado "recomeço".

Sem saber como começar, abriu as janelas, todas, uma após a outra. Havia poeira por todo lado, e a corrente de ar só agravou a situação. Aquela ausência prolongada não havia sido planejada.

Como alucinada, começou a passar as mãos sobre os móveis. Sentiu a camada de pó como um obstáculo que impossibilitava seu movimento de limpeza, e reagiu imediatamente, puxando as mangas da blusa até os dedos e continuando a faxina com o tecido. Depois, tirou a blusa para limpar as partes mais altas dos móveis, com pressa.

Chorando e limpando, virou a blusa pelo avesso e continuou com o outro lado; quando ficou completamente suja, jogou a blusa num canto do sofá. Atirou os sapatos e tirou as meias. Com uma em cada mão, continuou a limpar. Quando se cansou, sentou-se no chão e se arrastou, fazendo das próprias calças um esfregão, até se deitar, rolar, tornar-se ela própria poeira e crosta no piso da sala, depois na cozinha, em cujo piso de granito agitava os cabelos e o rosto de um lado para o outro.

Reanimada pelo contato com o pavimento frio, levantou-se, caminhando até a lavanderia, munindo-se de vassoura, panos e produtos de limpeza. Seguiu para o quarto que havia preparado para seu filho.

Como arquiteta, projetara cada detalhe daquele ambiente. Sua ideia de que cada objeto de design deve melhorar a vida transparecia em cada detalhe. Sua maior preocupação fora deixar muito espaço livre. Os móveis não tinham cantos, e todas as superfícies eram revestidas de materiais macios, como couro e matelassê.

A planta obedecia a uma lógica de utilidade e uso consciente de recursos. Assim, o armário estava posicionado para receber a maior quantidade de luz natural, e o berço estava longe da janela e das cortinas, uma precaução caso o bebê fosse alérgico. Quatro pontos de luz com filtro verde davam ao ambiente a iluminação principal.

Todos esses elementos envolviam suas lembranças, enquanto ela limpava e cantarolava uma canção de ninar. Quanto mais limpava os armários brancos, mais alto ela cantava, como se preenchesse com os votos de paz e alegria, que a música repetia, seu projeto de vida iniciado havia tantos meses. Cantava e chorava, limpava e perfumava, acariciando tudo que a rodeava.

Quando terminou, percebeu que o cheiro de pó se entranhara em seu corpo. Deslizou pelos cômodos da casa como se dançasse, apressada, tirando as peças de roupa que ainda usava, voltando para atirá-las ao sofá.

Foi ao banheiro e abriu o chuveiro. Enfiou-se sob a ducha que enfumaçava o banheiro. Lavou-se com vigor repetidas vezes. Abriu sua emulsão de banho especial e a despejou, contemplando seu movimento até a última gota; assim como ela mesma cedera até sua última gota de inocência a um tempo que havia terminado, viu a loção se esvair pelo ralo.

A mulher que saiu do banho estava acostumada a transformar os espaços, mas dessa vez era diferente. Os elementos pareciam desconexos, de uma maneira que a perturbava. Aquele espaço refletia algo que ela não poderia e nem desejava manter. Por onde deveria começar?

Respirou profundamente. Abriu a gaveta de seu armário, pegou um livro de poemas medievais e se deitou na cama que arrumara. Talvez iluminassem calma e profundamente os seus pensamentos, assim como haviam iluminado a Idade das Trevas. E a poesia, essa energia secreta que contagia a vida cotidiana com a sutileza do amor, sustentou a solidão de Carolina. Nela era possível confiar, pois não dizia respeito a algo acima ou fora de si. Era-lhe familiar, sentia-se aconchegada, aquecida por aquela potência vital armazenada no interior de todos os homens.

Adormeceu sem comer, um sono longo, esparramada na cama que antes havia dividido, como se estivesse tomando posse de cada milímetro, deixando claro que não havia espaço para lacunas, nenhuma brecha para o retorno das lágrimas nem das conversas abandonadas.

O dia seguinte seria um longo, havia muito a ser feito. Amanhã.

Fluxos de caixa e de vidas

Sobre cada existência recai a própria responsabilidade de atingir ou falhar naquilo que se propõe a realizar, seja na forma de orgulho pela conquista, seja na forma de um novo ponto de partida.

15

O CHOQUE DO NASCIMENTO de seu filho em circunstâncias tão precárias despertara Ricardo de seu transe. Como pudera expor sua mulher a tais riscos? Privá-la da segurança e do conforto de uma maternidade jamais havia passado por sua cabeça. Não é correto dizer que avaliara mal as datas, pois em sua desorientação ignorara completamente a barriga de Carolina, que o acompanhava numa fuga descabida dos problemas que quase o enlouqueciam.

Oitavo mês de gestação! Como olhar para ela e voltar a conviver sob o mesmo teto como se nada tivesse acontecido? Como esperar que ela confiasse nele a cada problema que surgisse, se nem ele próprio se acreditava confiável?

De certa forma, ela ainda estava com ele. Em seus bilhetes, falava de um futuro juntos e propunha os próximos passos. Apesar do pesadelo que vivera, conseguia falar em amor, no filho de ambos, em se apoiarem mutuamente.

A lucidez da mulher o tranquilizava. Estava certo de que ela saberia cuidar do filho, apesar de todas as fraquezas dele. Colocou a foto de Carolina com o bebê à sua frente, enquanto relia os bilhetes e sua resposta, como se revivesse aqueles últimos dias, até que uma resposta tardia ao último bilhete se apoderasse de sua mente e o fizesse sorrir.

A fotografia era como um filme sendo projetado, um misto de lembranças e sonho povoando de risadas e palavras a pequena boca que parecia um beijo, os primeiros passos cambaleantes, as confusões na escola, o aparecimento dos primeiros pelos no rosto. Ele não precisava perder tudo aquilo, só precisava demonstrar, sem cansaço ou autopiedade, que também ele podia transpor as dificuldades e recomeçar. De uma forma prática, por meio dos bilhetes e da foto, sua pequena família encontrara um jeito de fortalecer seu ânimo, instigando-o a vencer o constrangimento e seguir vivendo.

Sobre cada existência recai a responsabilidade de atingir aquilo que se propõe a realizar, seja na forma de orgulho pela conquista, seja na forma de um novo ponto de partida. Tomar consciência de sua realidade sob esse prisma renovou suas forças, recuperou sua autoimagem e devolveu a Ricardo a certeza de que era capaz.

Pegou a mala, que não abrira desde sua chegada, separou uma camiseta, uma cueca, calças limpas e se dirigiu à praia. Banhou-se e voltou para a choupana. À medida que se preparava para retornar, tornavam-se mais evidentes algumas características da precariedade do lugar, causando-lhe remorso. Penteou os cabelos, ajeitou a barba, vestiu-se.

No caminho para a vila, reviveu na trilha a história de uma noite chuvosa em que anjos haviam amparado três vidas. Ele ainda não se arriscara a passar por ali; nem mesmo quando se apressava para encontrar o mensageiro conseguira dar mais do que alguns passos pela senda estreita. Seus sentimentos o faziam transpirar, apertar o passo para fugir da fobia que o perseguia.

Ondas de um suor frio desciam por sua nuca enquanto buscava fixar sua mente na fotografia do filho nos braços de Carolina. Repetia para si mesmo que estava tudo bem. Suas pernas vacilavam, sua boca secava, mas era preciso continuar, acreditar que tudo daria certo e seguir em frente.

Chegou à pousada Solar do Loronha com a expressão pesada de quem terminara os trabalhos de Hércules. Jurema o recebeu com um copo de água e o envelope que sua esposa lhe deixara. Ela partira no dia anterior e disse que ele viria buscá-lo. Ricardo percebeu que ainda havia tempo e se reanimou. Depois dos agradecimentos e de um breve abraço, Geraldo se ofereceu para chamar um carro, mas Ricardo preferiu um *buggy* para levá-lo ao aeroporto.

No caminho, via residentes e turistas, guias comentando os passeios, paisagens paradisíacas a poucos metros da estrada, fragmentos de prazeres dos quais abdicara quando se escondera no mato.

Um novo torpor passou por seu corpo, pressionando incomodamente a sua cabeça. O motorista percebeu o mal-estar de seu passageiro e parou na farmácia. Após medir sua pressão, Ricardo foi liberado com a recomendação de ingerir muito líquido e evitar demasiada exposição ao sol.

Chegou ao balcão da companhia aérea e solicitou sua passagem para aquele mesmo dia. Não havia lugar, mas foi orientado a aguardar, pois era a segunda pessoa na lista de espera. A aeronave aterrissaria em poucos minutos e permaneceria em solo apenas o tempo suficiente para o embarque e providências de retorno.

Retorno. Retorno. A palavra repercutia em sua mente, misturando às imagens da agência as de sua casa e sua vida em família.

O desembarque foi anunciado e um novo grupo de turistas sorridentes se aproximou. Ricardo começou a sentir taquicardia, percebeu que suas mãos estavam úmidas. Podia ver algumas crianças radiantes, outras entediadas, mulheres com grandes óculos escuros e homens de bermuda. Ouvia conversas inocentes que despertavam nele algo chocante e sombrio.

Um viajante deixou cair os óculos a seus pés e Ricardo automaticamente se abaixou para apanhá-lo. Nesse momento o mundo girou, e Ricardo levou as mãos à cabeça, sentou-se no chão e ficou paralisado.

"Aquele homem caiu!", alguém disse.

Uma mulher perguntou: "O senhor está bem?"

Ricardo parara, mas o mundo não. As pessoas seguiam desfrutando suas verdades particulares, com suas vontades e suas regras. Teciam comentários, tiravam conclusões, mas como, se não o conheciam, nada sabiam sobre ele, sua história, de onde viera?

Seus olhos ficaram vermelhos de ódio; num desalento que o cegava, reagiu, levantou-se e saiu correndo, deixando para trás a área de embarque, sua mala e tudo o mais.

Como um selvagem, o aprendiz de Thoreau se apropriou de Ricardo, lacrando seus lábios e ouvidos, envolvendo-o numa repulsa descontrolada àquela realidade que ameaçava resgatá-lo, provocando uma raiva que lhe causava ânsias de vômito. Sentiu que uma febre se instalava e aliviava a sua dor de cabeça, amortizando o seu sofrimento. Pensamentos de morte se insinuavam como solução para o declínio de seu chamado "potencial humano", para essa indigência em que sua vida se tinha transformado.

Esquecera os bilhetes, a fotografia, tudo, numa crise de claustrofobia em que o mundo parecia apertado demais. Não perdera apenas a mala e seus pertences; empobrecera, impossibilitando o seu futuro.

Exausto de tanto correr, parou na praia, se deixando desabar na areia. Olhando para o céu azul, sussurrou:

"O que estou fazendo, meu Deus? Apenas tentei compartilhar meu estilo próspero de vida, pródigo em amor, educação e dinheiro com aquela sociedade. Eu julguei possível replicar meu modelo de sucesso nos projetos da agência, mas não consegui.

Deixei-me enredar, falhei." Em seu desespero, perguntava-se como Ana enriquecera ao captar o mecanismo da prosperidade, que plantou na mente de seus filhos. Com as ferramentas que tinha à mão, treinou-os para multiplicar seus bens e conquistar o mundo. "Mas eu falhei na avaliação do contexto." Ricardo fechou os olhos.

Da escuridão emergiam suas lembranças. E seu avô? Joaquim teria sido rico? "Sim, eu acredito que sim, porque viveu alheio ao dinheiro. Viveu à margem, não foi logrado, não caiu na armadilha de querer o que não tinha; ignorou a luta e não ouviu seu chamado. Por que eu, seu neto, decidi abraçar o mundo, vendo na sociedade o cenário ideal para postular prosperidade e bem-estar? Eu esqueci que a cada um é dada a escolha da velocidade e da quantidade de riqueza que está disposto a buscar."

Essa conclusão foi como uma brisa da infância, e o acalmou. A família reunida, a bagunça na casa de sua tia, sua inteligência e energia.

"Eu gostava dela. A riqueza da tia Marina estava em seu próprio desenvolvimento como pessoa, em sua capacidade de aprender e realizar. Mas nem todos têm a sede, a predisposição e a persistência de Marina. Como eu pude negligenciar esse aspecto tão importante? Não, eu não fiz isso por achar que era uma questão importante. Sou como meu pai. Ambos gostamos de dominar a arte de acumular riqueza com bom humor e satisfação, exercer autoridade. Por limitar sua percepção da humanidade à sua própria casa, José foi bem-sucedido: gerou e distribuiu riquezas. Mas foi a autogratificação que o tornou realmente rico." Ricardo sorriu sozinho.

"Ele não se deixou escravizar. Carolina me dizia que eu precisava me desvencilhar da tirania de uma vida voltada à acumulação de riquezas e poder. Explorar outras instâncias da existência disponíveis para quem possui mais do que necessita."

O sol estava forte. Ricardo abriu os olhos e se levantou em busca de uma sombra. Enquanto andava, elaborava uma espécie de contabilidade familiar.

Em sua síntese, ele ultrapassou a todos: enquadrou o dinheiro, mas não se deixou enquadrar por ele. Dominou as técnicas, mas manteve vivo seu senso crítico e capacidade de decisão. Apesar, porém, de entender como poucos os rumos da economia, deixou-se atropelar pela ansiedade de fazer prosperar os que estavam ao seu redor. "Fui penalizado por ir além do que me competia. Devido aos excessos cometidos na tentativa de viabilizar para outros o que eu chamava de prosperidade, empobreci minha saúde, meus relacionamentos e minha capacidade de discernimento. De certa forma, refleti a carência sofrida por toda a família, apesar da incontestável grandeza de suas vidas."

Não era fácil encarar os fatos dessa maneira. Aquele entendimento chegava num momento complicado. O sol afetara sua cabeça? Finalmente, encontrou uma sombra e se sentou. Encostado à árvore, deixou-se hipnotizar pelo movimento do mar. Então, um pensamento o sobressaltou. "Assim como Manolo escolhera uma vida nova além-mar, ele também podia escolher o que quisesse?"

"O que eu escolheria? Se Ana pudesse escolher uma coisa, qualquer coisa, provavelmente escolheria ter amor, o que para ela representava a verdadeira segurança. Com registros de propriedades na gaveta e descendentes prósperos, apenas sua carência emocional freava o rumo de sua prosperidade, perpetuando resquícios de pobreza. E Marina? Se pudesse optar, certamente optaria pela paz, traduzida em dinheiro para honrar seus compromissos e dormir tranquila. Já Carolina, podendo ter o que queria, escolheria a esperança." Um pesar acompanhou seu raciocínio. "Essa posse significa sua razão de viver, trabalhar e acumular bens. Se Ana era a fome e Marina era o trabalho, Carolina era a completude. E eu?"

Sua cabeça voltou a doer. "Por que não consigo ir em frente nem no raciocínio?"

Com seu pensamento e atitudes, eventualmente o homem se aproxima daquilo que lhe é realmente caro. Para Joaquim, o tesouro se chamaria sossego: suas necessidades básicas supridas sem tanto trabalho e preocupação. O dinheiro não existia para ele. "Quantos homens nesse estágio eu encontrei nas comunidades com que trabalhei? Quantos, por não se sentirem pobres, não se empenharam como eu pelos mesmos objetivos?"

"A escolha de meu pai, José, consistiu em ter dinheiro, com sabor de poder, uma autoridade que exercia com punho firme e grande satisfação. Hoje eu percebo que, enquanto se engrandecia, sua pobreza interior o controlava, expondo suas mentiras a respeito da fortuna acumulada. Mesmo diante de seu patrimônio considerável, que era real, a necessidade de acumulação permanecia. Herdei sua carência. Em minha frenética acumulação de êxitos, eu me tornei incapaz de desfrutar o sucesso. Posso dizer que me esqueci de mim por pensar demais no outro? Talvez. Como deixei a doença minar minha saúde, aniquilar minhas chances futuras?"

Muitas vezes o fluxo financeiro permite maquiar um passivo para comercializá-lo como um ativo, mas em outros aspectos da vida não é assim. A cultura dispõe de recursos para maquiar a ética, o capital, e até mesmo a dignidade. Mas, nesse caso, a coletividade paga o preço do desequilíbrio. Pode até demorar, mas toda ação gera uma reação. Diluída, infiltra-se no consumo e na produção, nos relacionamentos, nos próprios valores de uma sociedade. O universo parece seguir a lógica de uma simples contabilidade: ao final, a conta precisa ser zerada. "Nessa história, me coube o passivo", concluiu Ricardo.

Ele não estava bem. Porém sua mente não parava. Ele estava suando.

Aprendera a duras penas como a habilidade de não deixar a própria vida se transformar em dívida faz toda a diferença. Dever significa precisar de algo, tornar-se um passivo em todos os sentidos, manter-se em estado devedor. Para transformá-lo num ativo, o caminho é produzir mais do que se consome: mais dinheiro, mais moral, mais apoio, mais trabalho, mais amor. Empobrecido e cego de cansaço, Ricardo não conseguia retomar o caminho da prosperidade.

Ele estava impressionado com a forma como a sociedade se curva a modelos de sucesso financeiro, portando-se como míope quando oportunidades cintilantes aparecem nas curvas da história, só porque não se apresentam como o sonho popularizado. Algumas pessoas determinam umas poucas regras e depois se submetem a elas, como se fossem a única maneira de angariar prestígio, patrimônio e saldo bancário. Escravizam-se nessa busca por acreditar que, se aproximando dos aclamados sucesso e prestígio que a fortuna proporciona, encontrarão a realização pessoal. Renegam a liberdade para seguirem como marionetes um modelo de comportamento que lhes suga a existência. "É uma vida de tostão em meio aos milhões, pois sem contentamento não há vitória, não há sucesso. Nesse processo, se fecham para as oportunidades de desenvolver suas habilidades. Amortecem impulsos de realização que poderiam transformar-se no seu verdadeiro tesouro. Quem está certo? Eu não sei mais nada."

"Talvez eu não gostasse realmente da vida que levava, nem me importasse com meu casamento. Talvez a agência estivesse certa em coibir aquelas atividades. Talvez a vida não fosse assim tão simples, nem minha capacidade tão grande. Pode ser que minha prosperidade emocional fosse superficial demais, e que meus pares não me apreciassem realmente...". Levou as mãos à cabeça, apertando as têmporas. "Estou ficando louco? Não sei..."

Repetidas vezes ele desprezara os conselhos de Carolina quanto a cuidar da saúde, ao seu entendimento de responsabilidade social, à sua necessidade de continuar num caminho que já lhe proporcionara tantas riquezas. "Assim como proporcionei ganhos financeiros e estratégicos significativos para a agência no passado, não teria a agência e aquele modelo de comportamento perdido a função na minha vida?". Numa tentativa de escapar de seus pensamentos, levantou-se e se pôs a correr pela praia. "Não haverá tesouros em outras direções, aguardando por mim? Estou procurando outro tipo de fortuna, mas num local inadequado, incapaz de produzir o que desejo?"

Nada mais tinha importância. "Personalidade, valores pessoais e atitudes que poderia ou deveria ter adotado parecem quase irrelevantes diante das circunstâncias que fatores externos colocaram em minha trajetória." As ondas iam e vinham sobre seus pés. Cansado de lutar, Ricardo deitou na areia, entregue.

Patrimônio

Funciona como se o balanço de suas vidas resultasse num saldo positivo; em suas mentes, devem rever seu passado e gostar do que veem, descobrindo, quem sabe, como fazer as pazes com a história e se libertar.

16

QUANDO AMANHECEU, CAROLINA SE LEVANTOU devagar, quase em transe, como se chegasse de outra dimensão.

Algumas pessoas perdem a pressa, adquirem uma serenidade e a adotam da manhã à noite, não importando o que lhes aconteça: parecem ter ultrapassado o portal das aflições cotidianas para viver sob outra perspectiva. São pessoas que, normalmente, possuem segurança financeira, pois, sem a subsistência garantida, não há tempo para pensar.

Mas isso não é tudo ela pensou. "Funciona como se o balanço de suas vidas resultasse num saldo positivo; em suas mentes, devem rever seu passado e gostar do que veem, descobrindo, quem sabe, como fazer as pazes com a história e se libertar, para viver plenamente o que lhes reserva o aqui e o agora." Ela se levantou e caminhou até o banheiro.

Fitando o espelho, compreendeu que tais pessoas refletem em seus semblantes uma alegria tranquila, sem ebulições de ansiedade. "Nem por isso se tornam menos intensas. Estão prontas para o próximo episódio; abriram espaço para as circunstâncias, enriquecendo as alternativas do momento para o próximo lance. Sim, talvez haja outra alternativa..."

Carolina perdera a pressa.

Após uma ducha quente — ah, como ela adorava isso! —, vestiu um jeans, optou por uma maquiagem básica e ganhou as ruas. Comprou três jornais e se dirigiu à sua cafeteria favorita, caminhando quase um quilômetro.

Tomou café com leite sem açúcar e comeu uma fatia de bolo. Então abriu o jornal de maior circulação, mas lhe faltou paciência para ler sobre política, crimes, novelas. Deixou-o de lado e pegou o segundo, especializado em economia. Encontrou notícias de empresas petrolíferas, conjecturas sobre os ativos das bolsas de valores, debates sobre a cultura da China, tão em voga, e um estudo estatístico sobre a influência do terceiro setor sobre a taxa decrescente de desemprego. Este último tópico fisgou sua atenção, e ela pediu mais um café.

Alguns empresários do segmento sorriam nas fotos. Um deles trajava camisa xadrez azul, outro uma camisa branca que estampava uma campanha pela paz.

Uma mulher, aparentando mais de quarenta anos, também sorria, com seus cabelos longos e repicados soltos sobre a blusa branca. Usava um colar delicado e comprido de contas de cerâmica em vários tons de terra, dispostas num fio de couro marrom. Havia outra pessoa, uma jovem de cabelos muito curtos e crespos, vestindo uma blusa solta colorida, calças jeans muito justas e tênis vermelho.

A foto hipnotizou Carolina. Reconheceu ali um estilo que teria prazer em adotar, desde o xadrez e os cabelos eriçados da mocinha ao colar artesanal da mulher e o sorriso do rapaz. Sentiu-se confortável naquele mundo, onde não se evitavam sorrisos por denunciarem rugas.

Voltou sua atenção ao artigo:

"Trabalhar no terceiro setor tem suas particularidades", explicava a reportagem de página inteira. "Como as organizações sem fins lucrativos têm recursos humanos escassos, é preciso atuar em mais de uma frente. Enquanto nas grandes corporações a especialização é necessária, devido ao volume de transações e produtos, dificilmente essa situação se repete no terceiro setor, onde é necessário um desempenho conjunto nas áreas administrativa e financeira, saber lidar com os vários elementos de logística e com a gestão estratégica do que, ao final das contas, é uma empresa."

"Como o ser humano é um animal relacional", ela pensou, "essa dinâmica reforça ainda mais seu sentimento de utilidade, de integração a um grupo, trazendo a certeza de que aquelas planilhas todas são mais do que números: representam dignidade. Fazia algum tempo que o Brasil se encontrava sob os holofotes internacionais", lembrou-se. "Ricardo discorrera longamente sobre os BRICs (Brasil, Rússia, Índia e China), países emergentes com grande potencial de crescimento."

Ciente da reconhecida criatividade brasileira, Carolina teve a ideia de canalizá-la num projeto, ou, quem sabe, até uma ONG de design industrial, talvez em parceria com seu fornecedor italiano.

Ricardo saberia viabilizar essa ideia — uma ONG ou *startup* —, enquanto ela cuidaria dos aspectos da criação.

Seu trabalho de conclusão do curso de arquitetura já chamava a atenção para a preocupação que os arquitetos deveriam ter com o momento em que seus projetos — fossem prédios, móveis ou objetos decorativos — caíssem em desuso, considerar a facilidade de reciclagem, aspectos de facilidade na desmontagem e reutilização, com um mínimo consumo de recursos naturais: um excelente mote para o terceiro setor. Ela estudara o suficiente para acreditar na viabilidade comercial dessas ideias.

Uma ONG ou uma *startup*? Qual seria a estratégia para viabilizar uma ONG? Constaria da reportagem essa informação?

Retomando a leitura do jornal, levou um choque ao reconhecer na foto o empresário de camisa xadrez: era Cirilo. O que isso significava? As maiores oportunidades estão nas maiores dificuldades, isso é certo, mas teria ele abandonado sua antiga estrutura de vida? Afinal, se algo degringola tornando-se inadequado ou inacessível a um contingente expressivo de pessoas, ali se encontrava a oportunidade da virada; e naquele momento as agências de investimento estavam no olho do furacão.

O terceiro setor era uma realidade. Quase dois milhões de pessoas enxergaram no empreendedorismo social a possibilidade de uma carreira, e isso poderia muito bem ter acontecido com Cirilo. Devido à pequena quantidade de organizações de grande porte, os profissionais costumavam ganhar experiência em instituições menores antes de partirem para outras mais importantes, com uma estrutura mais estabelecida, que pudesse remunerá-los melhor. Ali assumiam cargos gerenciais e se tornavam sustentáveis financeiramente.

Não há dados precisos que mostrem a diferença salarial entre profissionais da iniciativa privada e do terceiro setor, mas ela existe. No início do século XXI, a remuneração neste último era muito baixa. Ganha-se menos, mas se pode viver bem. Seria Cirilo um desses exemplos de revisão de valores?

A motivação para atuar no terceiro setor nasce de um desejo de ser útil, de querer trazer à vida um significado especial. Depoimentos afirmam "não haver sentido em trabalhar tanto para realizar algo que acaba tão rapidamente e não tem uma continuidade, um impacto relevante na vida das pessoas". A sensação de que lhes "falta algo" enraíza os profissionais no terceiro setor, apesar da diferença salarial. De acordo com a reportagem, Cirilo estava desenvolvendo um projeto de formação de lideranças para um mundo mais sustentável. Tratava-se de mais um caso de absorção de especialistas por áreas promissoras, sedentas por inovação e conhecimento?

Seria uma versão repaginada de contratação de especialistas para comandar "*startups* sociais"? Seria mais do mesmo? Como saber?

Afinal, sempre haverá pessoas dispostas a fazer o que outras acreditam que vale a pena ser feito.

Carolina deu uma gargalhada profunda, pensando no que Ricardo iria dizer quando soubesse da novidade.

Levantou-se da cadeira com sua sacola de jornais, pagou pelo café e colocou seus óculos de sol. Encaminhou-se para a rua, apressada, pois havia uma última providência a ser tomada antes de se dirigir à casa de sua mãe, buscar seu filho e retomar sua vida.

Entrou num táxi e pediu que o motorista a levasse à Rua Casemiro de Abreu, 586. Durante o trajeto, pensava em Ricardo. Seu marido estava doente, mas o ar puro e as caminhadas em contato com a natureza seriam, com certeza, benéficos para sua recuperação. Além do mais, a permanência turística em Fernando de Noronha é de no máximo dez dias. Decorrido aquele prazo, ela tomaria as necessárias providências, se fosse preciso, retornando à ilha para buscá-lo.

O taxista estacionou na frente de um dos prédios comerciais típicos do Brás. No topo da construção de dois andares, com esquadrias brancas de madeira nas janelas do andar superior, e grandes portas recuadas no piso inferior, lia-se a inscrição:

REGISTRO CIVIL DAS PESSOAS NATURAIS DO 6.º
SUBDISTRITO DA CAPITAL
BRÁS – SÃO PAULO

Dirigiu-se ao setor indicado, pegou sua senha e esperou. Quando o funcionário que efetuava o registro de nascimento de seu filho perguntou a ela o nome da criança, Carolina ouviu a voz de Ricardo respondendo ao mensageiro:

— Fortuna.
— O que foi que você disse?
— O nome dele será Fernando Fortuna.